品茗・夜話：

敲動心底的六十根弦，
靈魂深處迴響著的繞梁餘音

琹涵　著

目次

輯三——心中的蓮花

輯四——最初的恩人

輯六——悠活像首詩

輯七——簡直是幸福

自序
是誰敲動了我的心弦？

我常想：誰能敲動我的心弦？

是一個人？一本書？一首歌？一彎清溪？一片繁華似錦？……

或許都有可能，在不同的情境和緣遇裡。

平常日子，在夜晚時，你喝茶嗎？你讀書嗎？你還做些什麼事呢？哪一樣最能敲動你心中的那根弦呢？

什麼都好，只要你滿心喜歡。

月夜花影

有人愛在月夜下攜手漫步，但見清輝灑了一地，花影處處，真是浪漫事。

唐寅在〈花月吟〉中寫著：「雲破月窺花好處，夜深花睡月明中。」想那月亮透過雲朵的縫隙，偷窺了花兒的美麗，當夜已深，花兒在明月映照的地方沉沉睡去。

這般月夜，如此花影，都在朦朧的月色中。眼前，夜深沉，花靜悄，你想起了什麼呢？

是前塵往事？還是已然遠去的身影？

相信在人生的漫漫長途裡，總有一些我們無法忘懷的記憶，魂牽夢縈，時時在我們的心靈深處迴繞。

放下生命中的執念

我希望，屬於我的回憶都是愛和甜美。

至於，那些刻骨銘心的傷痛，就把它全部忘記吧。不須記得，不用回味，只有徹底的遺忘才是善待了自己。不要老是拿那些痛悔來折磨自己，不肯忘，又有什麼意義呢？什麼都不能挽回，既然這樣，就忘掉吧，像船過水無痕，假裝它從來不曾出現過。

可是，有時候，實在無法盡如我們所願。如果傷害實在太巨太深，那樣的困境很難走過，一顆心老是懸著，彷徨無主。我的好朋友就曾經在這樣的情形下，每天夜晚，在茶香的氤氳中，一個人努力讀著《莊子》，希望那寬闊豁達的思維能夠帶領自己超拔於世俗之上，然後，她手抄數則《圍爐夜話》，《圍爐夜話》簡潔能懂，卻又雋永深刻。多的是待人處世的人生智慧，但願能得到啟發。如此，整整兩年。

終於，把心中的糾葛交給風，去了遠方，不知所蹤。

把平靜還給了自己，畢竟日子一樣要過，未來的歲月還很長遠。

的確，每每在夜深花靜時，品茗獨坐時，我們更能誠實的面對自己，安住身心，但願能放下所有生命中的執念，此後，海闊天空。

《圍爐夜話》與我

《圍爐夜話》這本書我知道得很早，卻讀得比較晚，為什麼呢？或許也是因緣吧？它是一本知名的處世奇書，屬於語錄體。每一則都短小精闢，富含哲理。文詞淺近明晰，言簡意賅，喜歡的人很多。很可以作為我們立身處事的參考。

我以生活中的小故事來和《圍爐夜話》相結合，讓翻開《品茗．夜話：敲動心底的六十根弦，靈魂深處迴響著的繞梁餘音》的人不只可以品賞一則語錄，還能讀到一個小故事，也許會覺得比較有趣吧。

這樣的寫法，之前，我曾經出版過《遇見．菜根譚》、《遇見．幽夢影》與《日日好話》，分別和《菜根譚》、《幽夢影》與《格言聯璧》有關，還都出了簡體書，海峽兩岸讀者的反應都很好。也許，人間行路，無論悲欣，人人都需要精神上的鼓舞和支持。

因為閱讀

我喜歡閱讀。

或許是由於母親太早把我帶進了書的世界，我很快的就為書中的文字而著迷，那是一個寬廣、多樣、繽紛的世界，我一經陷入，就不願脫身。

閱讀的快樂，在於純粹，在於喜歡。

沒有背負任何的責任和要求，只是單純的為文字所吸引，於是，進入了作者所提供的氛圍之中，一頁頁的讀去，直到掩卷結束，彷彿到那時，一如夢醒，才重新回到了紅塵世界。

然而，心靈已然經過洗滌，自己明白是有些不一樣了，雖然一時之間也說不真切。

心裡仍舊是歡喜的，經歷了一個不同的生活，也經歷了許多離合悲歡，在別人的故事裡，流著自己的淚。

在拭去淚痕之後，還是歡喜的，因為閱讀，因為感動。

書，畢竟成了我的良師益友，憂樂相親，晨昏相隨。

從讀書到寫書

書讀多了，讀久了，作文不難，寫書也成了順理成章的事，挫折不多。

寫書寫久了，竟然寫了七十幾本，連自己都嚇了一跳。

每一本書的出版都是一個溫暖的回憶，每一本書也都講究而美麗，於是成了我的「禮物書」。在我，出書只是分享，分享我的生活，我的所思所見。我也經常喜歡送好友們我寫的書。

我說，書最好。但，有人卻偏要搞怪的說：輸最壞。

哈哈，從很早以前我就知道，千萬別送書給愛打牌的人，以免被轟了出來。

我稱得上是愛書人，買得多，看得多，卻仍然覺得看到的也只是滄海一粟。畢竟每日出版新書的量都太驚人了。

有人說：天下之事，利害常相半。有全利而無小害者，唯書。

天底下的事情，利與害常常是各半的。全都是好處而沒有一點壞處的，只有書籍。

我想，說這話的人，恐怕也是個愛書的人吧。

書讓我們變得有智慧，能明辨是非，知所先後，不會隨波逐流。書讓我們擁有一個豐美的內在宇宙，溫和有禮，與人為善，時時有歡喜。

書，真的只有全利而無小害嗎？還是有的，例如書滿為患，視力越來越糟等等。不過，如果比起書所帶來的好處，如淡泊名利和心靈的富足，相形之下，害處還算是微小的吧。

我要說，但願來生還是個愛書人。

《圍爐夜話》蘊含的哲理雋永而深刻，有許多對人生的觀照和啟迪，是我們行經幽谷時很好的陪伴書。

至於《品茗．夜話：敲動心底的六十根弦，靈魂深處迴響著的繞梁餘音》則是生活的，也希望是優美的，療癒的，充滿了正向的能量。

當你翻開了這本《品茗．夜話：敲動心底的六十根弦，靈魂深處迴響著的繞梁餘音》，真心盼望你會喜歡，其中還有我的感謝和祝福。

我更想知道，它敲動了你的心弦嗎？

二〇一五年冬日

輯一

相遇是奇蹟

即使在一首歌裡
也能感知撥動心弦的共鳴
在一碗茶湯中
也可嘗出甘冽雋永的清芬

她的故事

她是我認識多年的朋友，從學生時代就相識，雖然科系不同，但有一年我們還是室友。

我很快的發現，她，不屬於我所喜歡的類型。往好的說，她上進認真，力爭上游，令人佩服。真實的情形是，她為了實踐目標，可以不擇手段。她缺少謙虛，十分強勢，甚至具有掠奪性格。

偏偏在大學畢業以後，我們還曾經有一小段時間在同一個機構共事三年，情誼更添了幾分。

我周遭的朋友們都太謙虛客氣，也喜歡與人為善，因此給了她太好的機會，她藉此不敢說一步登天，卻也大蒙其利。我們也只能說，她夠幸運。

然後，她自以為她已經飛上了枝頭，可是我們知道，未來仍是漫漫長途，需要學習，更需要專注。

她則四處招搖，我們覺得不可思議，那也是因為彼此類型的不同。

她總是自認聰明，為此而沾沾自喜。我卻覺得，唉，她的求學過程也普通，並不見出類拔萃。這樣，哪算是聰明呢？

後來，已是熟女的她，捲入了一場不倫之戀，時間拖了很久，終究身心俱受重創，弄得灰頭土臉。原因在於遇人不淑，那男人欺她善良，玩玩罷了，哪裡有共結連理的打算？只嘆她當局者迷，一頭栽了進去。幸好緋聞沒有上報，要不吃上官司，說不定連工作都保不住。

想起了《圍爐夜話》中的一段文字：

甘受人欺，定非懦弱；
自謂予智，終是糊塗。

甘願受人欺侮的人，一定不是懦弱；自以為聰明的人，終究是糊塗。

老子說：「柔弱生之徒」，滴溜還可以穿石呢。世間人百百種，有人大智若愚，也有人大愚若智。你會願意是哪一種呢？

所以自認聰明的人，只怕是糊塗，因為太過自信而剛愎自用。自稱糊塗的人，卻往往有幾分聰明，由於他們看得到自己的不足處。

我們老是聽到她批評別人自私，然而，在我們的眼裡，她又何嘗不自私呢？不過是為了一點小事，竟然和自家的姊姊反目成仇，從此少有往來。

有一次她生病，獨居的她無人照料，於是通知她住在鄉下的姊姊，姊姊和姊夫盡棄前嫌，第二天專程前來，帶她去看醫生。後來，她跟我提起這件事的時候，無一絲感恩之心，居然說：「也沒有什麼效。」

我一聽，心裡涼了半截，如果她對自家姊姊尚且如此，對外人，還會有什麼好話嗎？這樣的朋友，我縱使願意寬容以待，卻也覺得實在太累了。

如今，她已經定居紐西蘭好幾年了。相距如此遙遠，重逢也就不容易了。道不同，不相為謀。說真的，我還如釋重負呢。

不只是傷痛

他們告訴我，她已經決定要回家安寧。

想來，是生命中最後的一段時光。

丈夫不在一旁守候照顧，早已搬出，住到郊區的房子去，他振振有詞的說：「我的年歲大了，身體又不好，也一向清靜慣了，哪裡有能力親自照顧太太？」家裡另請有外傭幫忙照料。

丈夫只偶爾來看她，或打個電話。

據說他們夫妻的感情非常好；然而事實證明：白首偕老，不是容易的。相互扶持，簡直是佳話。

想到夫妻也不過是同林鳥，大難來時各自飛，真是讓人感到悲涼。

就在她走入生命中的安寧時刻，曾展轉託人來跟我說，她想要見我。

我正忙得不可開交，也的確是實情。

像這樣的時候，連好朋友都不太敢打電話來，怕妨害了我的工作。我會有許多電話，還得不斷的談事情，做決定，然後是執行。或許不需我督導，可是前面的談定，需要親力親為。

我確定不去見她。

我想，真正的原因是，我已經選擇讓事情過去，最好盡快忘掉。前往相會，已經不再有意義了。見與不見，又有什麼差別呢？

我知道曾經發生的那件事，讓我承受的傷害和委屈都太大了，我幾乎絕望到走不出來。當初立刻決定，要以大量的工作逼迫自己忘卻，最後是我生病。

工作成績的確還不差。我也好不容易逐漸淡忘了那些不愉快。

或許起初只是誤會，然而，由於對方的偏執火爆，再沒有任何可以申訴的管道，終究傷人傷己，難有轉圜的餘地，誰都是輸家。

我的個性溫和，人緣也從來都好，但仍然無法逃躲生命中的種種試煉。遇到那樣性情乖戾之人，暴跳如雷，無可理喻，完全封閉了溝通的門，那又該怎麼辦呢？

還是《圍爐夜話》說得好：

潑婦之啼哭怒罵，伎倆要亦無多；惟靜而鎮之，則自止矣。讒人之簸弄挑唆，情形雖若甚迫；苟淡而置之，則自消矣。

蠻橫無禮的潑婦，任她哭鬧罵人，也不過就是那些花樣；只要冷靜下來，態度鎮定，不去理會，對方覺得自討沒趣，也就自然平息了。搬弄是非的小人，老是捕風捉影，誣陷挑撥，讓人百口莫辯，幾乎走投無路；如果能夠淡定面對，聽而不聞，那麼他自然會停止了無益的言詞。

「清者自清，濁者自濁」，總不能也跟著對方大吵大鬧，遺人以笑柄。真相會有大白的一天，暴跳怒罵，無理取鬧，其實也是「失格」。

我承認，也許當初身在夾縫裡的她有難為之處。何況，屬於她的日子已經不多了，此刻，我願意保持緘默。

請安心靜養吧。生命裡若有缺憾，也請還給天地。

包容裡見寬闊

你的心能不能包容更多的人事和物？能包容的心，才是寬闊的。

我有個漂亮的朋友，她極端的愛美，學的是藝術。

只要有人不說她美，她就一提再提，一副很不甘心的模樣。

有一次，有人稱讚她嫵媚。就為了沒有說她美，她很不平，在我們的面前說了又說。

我們倒覺得，嫵媚不也是稱讚嗎？沒有什麼差別呀。偏偏她可不是這樣想，嘀咕不已，還大發嬌嗔的說：「怎麼不說我美麗？難道是我不美？」

平心而論，她其實是嫵媚的，很有女人味，也精於打扮。或許，和她學的是藝術有關。

如果你以為，以她這麼重視外表，大概是個膚淺的女子吧。這，你就錯了。

她告訴我們，她從很小的時候就確定，自己將來長大以後，一定要以專業得到別人的尊敬，絕不願意成為一個「花瓶」，擺著好看，卻一無是處，什麼都不會。

果然，後來她畫畫、教書，一般的評價都很好。

或許是由於實在太愛美了，又老是出鋒頭，有些人看不慣她的行事風格，她也不曾加以辯解，居然默默忍受；甚至還有人給她臉色看，說起話來尖刻傷人，連我們聽了都受不了，她也沒有放在心上。如果還有再一次相處的機會，她仍然和顏悅色，善待對方。

她跟我說：「我相信那是誤會，所以對方不諒解我。如果還有再一次的機會，說不定對方會認識真正的我，也許就會喜歡我。」

真是胸懷寬闊。

單憑這一點，我都相信她會畫得好，何況她一向都是努力的。

我在《圍爐夜話》中，曾經讀過這樣的一段話：

一「信」字是立身之本，所以人不可無也；

一「恕」字是接物之要，所以終身可行也。

一個「信」字是立身處世的根本，如果失去信用，沒有人會接受他，所以我們都不可沒有信用。一個「恕」字是待人接物的重要品德，恕是推己及人，能如此，就不會做出對不起別人的事，於人於己都好，所以值得我們一生奉行。

信以修己，恕以待人。其實不易做到，更需要耳提面命，日日修持。民無信不立，而寬恕，所講的也在包容。

包容是必須，包容裡見寬闊。唯有胸襟寬闊，筆下才有大天地。從事創作的人，更不能小鼻子小眼睛，寬廣的胸襟是不可或缺的。

我常想起她對人的包容，不簡單的，也讓我起而效尤，自覺獲益不淺。

平日裡，我愛看書，也常把朋友當書來看，她也像一本好書，果真開卷有益，令我多得啟發。

真心希望我們也都能多有包容，是胸懷寬闊的人。

寧為綠葉

如果我成不了一朵花，以綻放美麗來歌詠大地，那麼，就請讓我成為樹上的一片葉子吧。

倘若我是一片葉子，也要努力。從抽出新綠，小小的葉芽，絲毫也不放棄，日復一日，認真的長大，我要是青碧的，不沾惹塵埃。

縱使我是花兒近旁的一片葉子，我依舊覺得「與有榮焉」，是因為我的碧綠更彰顯了花兒的嬌豔，君不曾聽聞「牡丹雖好，仍須綠葉扶持」？一片葉子雖然微小，又不繽紛，很難邀得青眼相向，但仍然有它的尊嚴和可貴之處，我總是這樣的勉勵自己。

或許是我沒有大志氣吧，攘臂爭先，且讓別人。站在光環之處的，也從來不會是我。我甘於平淡，只要能讓我過自己喜歡的生活，有一份我愛的工作足以養活自己，有我愛的家人朋友，可以時相過從，有一個高懸的理想，讓我全心奔赴，這樣不就很夠了嗎？我哪裡還敢奢望其他？

沒有遠大的志向，也讓我更能謙卑待人，處處看到別人的「好」。這個世界上，沒有誰是高人一等的。總是要努力，日有進境，就是值得高興的事了。

我的朋友跟我說起他同事的故事。

她是豔麗的玫瑰，卻有一道傷痕，很深很深。

她從來自視很高，總覺得別人不如自己聰明。常以嘲諷的語氣評斷別人，結論當然是「很笨哪」。我想，當她在別人的面前說我，恐怕也不可能會有什麼好話的。

對婚姻，她憧憬，有過很大的期待，尤其，她從來就以為，不透過婚姻的洗禮，生命是不完整的。沒有進入婚姻，也只能算是次一等的人。

她堅持自己的看法，偏偏她談過的幾段感情，最後都無疾而終，未能修成正果。

美夢沒有成真，多麼令人惋惜。

後來，她介入了別人的婚姻，鬧得沸沸揚揚，滿城風雨。別人背後的指指點點、鄙夷輕視，恐怕都不能免。

她摔了一個大跟斗。那男人和妻子重歸舊好，她，被擺了一道。

以她的聰明，怎麼會做出這樣的事呢？難道她以為自己年輕貌美學歷高，就可以把那個男人給搶過來嗎？卻不知那男人別有居心。

聽了這個故事，我其實是很同情的。人世的考驗，所在多有。人生的難題，也觸目皆是。有誰能免於這種種的學習呢？

《圍爐夜話》中說得好：

誤用聰明，何若一生守拙；
濫交朋友，不如終日讀書。

把聰明用錯地方，還不如一輩子守著笨拙的好。胡亂交朋友，倒不如整天閉門讀書的好。

讀書讓人更聰明，但聰明的人必須正派，否則，只怕是「聰明反被聰明誤」了。世間這樣的例子，不也太多了嗎？

而她呢？是因為她的自視過高，也讓她成為孤島的吧？

如果不是那樣的驕傲，或許朋友們願意拉她一把，縱使事情未必圓滿，也仍然有朋友們的溫暖陪伴，不必流更多的淚，不必灰頭土臉，自我療傷……

相形之下，我還是甘於自己是一片「葉子」，安靜、平凡的活著，有很多的夥伴，風來時，便一起歌唱跳舞，開心極了。

即使秋來時，我枯黃了，卻也沒有怨言，我辭別枝頭，化作春泥，護守著我深愛的大地，一無怨悔。想來春，又會是枝頭上的一抹新綠。

跟害羞說再見

跟害羞說再見，幾乎成了我今生的功課。

我從小害羞安靜，幾乎不說話。即使讀大學了，也不喜歡開口，我們班上的男生恐怕都沒聽過我的聲音呢。

一直到我進了職場，不說話，就無法溝通，只好努力改進，可是聲音微小，每次說話常要再三複述，因為對方聽不到或聽不清楚。當然，就別說什麼主動去幫別人了。

這種情形的改變，是因為有一天，我發現在與人相處時，我必須易地而處。於是，很多事情的做法就改觀了。

當我面對別人時，我想，如果我是他，在這樣的情形下，需要協助嗎？是需要鼓勵？還是安慰呢？

於是，我努力去幫他。

的。

後來，我遇到陌生人時，我就能很自然的給予協助，而且我根本就認為，這都是該做的。

於是，我終於可以逐漸的遠離害羞。

後來，每當我說，「我以前有多麼的害羞……」新認識的朋友都無法相信，以為我說的是天方夜譚。

其實，我在本性上仍然是害羞的，只是修正得還算不錯。偶爾害羞還是會出現，比如，我不太愛在公眾的場合出現，各式各樣的邀請卡都被我擱置一旁，至於同事之間的婚宴，我託人轉交禮金，卻幾乎不出席。

不過，他們都覺得我太忙了，似乎可以獲得諒解。人緣還是好的，所以，日子也過得快樂。

我堅持，即使面對陌生人也應以禮相待。然而，也有人告訴我，「可是，陌生人，總讓我覺得不放心。」

我很驚奇：所有的好朋友，不是都從陌生人開始的嗎？要不，你以為，誰會是你前世的知己，今生特來相尋的故人呢？即使如此，在相逢之前，也依舊是陌生的。

《圍爐夜話》是一本充滿了智慧的書，其中有一則是這麼寫的：

待人宜寬，惟待子孫不可寬；
行禮宜厚，惟行嫁娶不必厚。

對待他人要寬大，唯有對待子孫，不能因過於疼愛，以致姑息養奸。與人交往，禮節要周到，唯有在辦婚事時，不必大肆鋪張。

前人在待人處事上的寬嚴厚薄之間，其實是有其分際的。

或許我比較天真，如今的我很願意友善相待，縱然是陌生，也仍舊願意給予溫暖。如果說：「四海之內皆兄弟。」那麼，誰又是陌生人呢？

你說，「可是，陌生人不知底細，或許被害了也不知。」

你能知道誰的底細呢？包括親密愛人，你又對他知道幾分？

知人知面，誰能知心？

事實上，更多害你的人是在周遭。越是相熟，越沒有提防，受傷更是慘烈，有的甚至是「再回頭，已百年身」了。

這樣的事情，我們聽說太多了。

陌生人不過是萍水相逢，至於後來會不會成為好朋友，那還很遙遠，來自個人的意願和因緣的流轉，是可以不必提早擔心的。

對待陌生人友善，我以為也是一種禮貌，不是嗎？

能這麼說，也可見我已經告別害羞了。

意外的訪客

意外的訪客，常為原本平淡的生活帶來驚喜。

她是我認識多年的朋友，彼此一直維持著「君子之交淡如水」的情誼。倒也真的是「相見亦無事，不來常思君」。

有幾分符合《圍爐夜話》中所說的：

淡中交耐久，
靜裡壽延長。

和朋友交往，平淡中反而能維持很久，而在安靜中度日，更能益壽延年。

這話，多麼值得我們細思再三。

我今天好忙，持續接了一個早上的電話，各式各樣的，也處理了一些事情。到了中午，覺得應該可以休息了吧？

吃過簡單的午餐，有一通電話進來，說：「我可以去妳家嗎？就在妳家附近了。」

當然是「歡迎，歡迎」了。

是美麗的瑜，我們有好多年不見了。她的家世很好，母親還是名人之後，那是歷史課本上的名字，每個中國人都讀過的。

原來，下午兩點，吳寶春要來我家鄰近的大樓演講，這消息，我一點都不知道。唉，知道了又怎樣？根本沒空去聽講。

問瑜的近況，她有四個哥哥，是唯一的嬌嬌女。人很美，有一次她來我家，媽媽說，「沒看過眼睛這麼漂亮的女子！」

她比較活潑，爬山、騎單車、跳舞、游泳，還舉辦各種活動。

居然被她想起來，「妳都沒有參加。」

「因為從來沒參加，也就不必參加了啦。」我不愛人多的場合，一向如此。人緣還是不差，更讓我覺得沒有什麼必要去人多的地方。

我們談了很多人和事，還有中興新村。那是她成長的地方，我的好朋友住在那兒，我曾去過好幾次。

中興新村還是清幽而美。

我們感嘆如今正常家庭越來越少了，多麼讓人憂心。

我說：「妳有那樣知書達禮的母親，一定把妳教得很好！」

「那當然啦！」她得意的說。

我放在桌上的橘子她沒吃，我交到她的手上，「帶回去吃吧。」

她就要去聽演講了，聽說，還有糕點可吃，吳寶春做的呢。

再見，我們擁抱而別。

意外的訪客，多麼讓人開心。

相遇是奇蹟

她四十多歲了，很胖，沒有結婚。

她想，大概不會有人會喜歡胖胖的自己吧。雖然，說什麼內在美重於一切，可是只怕第一眼就過不了關，內在再美，也是枉然。

既然這樣，還是努力工作吧。至少，工作是精神的寄託，也是生活的重心，還可以藉此養活自己，不須仰仗別人。一個人，能獨立自主，在經濟上，在感情上，也是一種好。

她喜歡閱讀，曾經在書上讀到這樣的一句話：

看書須放開眼孔，
做人要立定腳跟。

看書要放大眼界，開闊心胸，所以明理。做人要堅定信念，站穩立場，所以務實。

她也的確是個明理、務實的人。

她更常常勉勵自己，要做一株蒼松，立在天地之間，絕不要成為必須依傍的菟絲花，仰人鼻息。

她也樂得自在，一個人飽了，全家飽了，其實也沒有什麼不好。

她平日上班，工作也很忙。空閒時候，她去醫院當志工，有時候，還要去幫忙往生者助念，日子就在平靜中度過。

有一天，她覺得眼睛不舒服，去看醫生。醫生說，只是過勞，要留意，並沒有什麼大礙。眼睛可是靈魂之窗，尤其對喜歡閱讀的她來說，可要小心照顧著，千萬別出什麼差錯才好。

才剛走出診療室的門，居然就遇到了大學時候的同班男同學，畢業都二十多年了，還能認得出來，是因為兩個月前才在同學會裡見過面。

人到中年，各有各的悲歡離合，目前雙方都是單身。

那男子傷在右腳，上了石膏，多有不便。她熱心的陪伴，還開車送他回去，並且約略替他整理了一下起居環境。想一想，對方一個人又受傷，日子怎麼過呢？於是，每天下班後，她便自動前來幫忙，為期一個月，直到那男子能夠自理為止。這一個月裡，他們有機會聊天，居然發現彼此的興趣接近，個性也相合。

半年後，對方向她求婚，他們決定結婚。

其實，雙方都有一些歲數了，婚與不婚，也未必那麼在意。然而，上天安排了他們相遇，果然是個奇蹟。

有趣吧，你生活裡，也曾聽過這樣的故事嗎？

既然有緣相遇

如果人生只是一次旅行，拿的還是單程車票，去得卻回不得。想到此，我告訴自己：務必要多結好緣。

有太多的人，跟我們也只有一照面的因緣，匆匆就要別過，往後卻再難有重逢的機會。那麼，既然有緣相遇，就當好好珍惜，不留遺憾在人間。

「此地一為別，孤蓬萬里征」，其實這是人生的常態，可是我們卻很少想及。我們以為，人生這麼漫長，總會相逢的，不在此地，就在彼方。然而，真實的狀況恐怕不是這樣。畢竟只有極少數的人，能和我們過從甚密，那已經是因緣殊勝了。

我有個好朋友，平日四處與人為善，有一年，她不小心受傷了，無法行走，丈夫早年辭世，兒女遠在國外，獨居的她該怎麼辦呢？結果消息一傳出，鄰居紛紛輪流排班來照顧她，有人送菜，送飯，送水果，有人陪她上醫院，來說話，還唱歌……這是她多結善緣的好處。坦白的說，她善良，待別人好，絕非心存回報。哪裡曉得，人生如此無常，竟然會有一場意外發生，造成了生活上很難自理。她跟我說：「不知該怎麼回報這許多的善意？」她不知，所有的人都說：「很高興，能有機會幫一點小忙。」

我另外有個好朋友要洗腎，後來又要換腎。換腎？何等大事！在台灣，一腎難求，她居然等到了機會，而且換腎成功，往後的追蹤照顧，也由很好的醫護人員接手，別人都說，她真是太幸運了。而我知道，是她慈悲喜捨，處處以善意待人，捐輸從來不落人後，而幾十年來所累積的善緣，最後終於流轉回到她的身上。你若要說「善有善報」，也是不錯；然而，我願意相信，人在做，天在看。天道終究好還。

最近，我接到醫生朋友寄來的報紙，原來他又得獎了。屬於醫療公益獎，很不簡單呢。

上一次則是被列入百傑名人榜。

打電話去道賀，醫生客氣的說：「就像小學時，當選了模範生。」醫生能不以賺錢為唯一目的，而願意回饋社會，投入公益事業中，這是非常了不起的。不將個人的利益排在第一，而願意推動健康教育、著書立說談醫療保健，甚至還成立青少年生育保健親善門診，教導青少年正確的兩性健康觀念。他行醫已經四十年了，守護著社區民眾的健康，是很有意義的。

醫生也逐漸年歲大了，就在晚霞滿天的黃昏，回顧這一生，做了這麼多事，還對社會有貢獻，應該覺得很安慰了。

見賢思齊，這樣的精神值得效法。

《圍爐夜話》中，有一段話，我把它當成了座右銘：

與朋友交遊，須將他好處留心學來，方能受益；

對聖賢言語，必要我平時照樣行去，才算讀書。

和朋友交往共遊，必須將他的優點用心的學來，這樣才能受益。對聖賢的話語，一定要在平常生活中依循實踐，這樣才算真正的領悟了書中所說。

交朋友要經心，讀書更要活用，這才是智慧。如果是非不辨，曲直一徑，最後必然要自食惡果。

這些都值得我們謹記不忘。

我仍然願意以誠意待人，若有機會幫人，也絕不有所遲疑。

感謝有這麼多人曾經和我相遇，既然如此，就要好好相待，結個善緣。

人間因緣

人間的因緣，有時候是無法解說的。

素端是故人的女兒，有空時，常來我的住處聊天。一方面由於相距不遠，有公車可以抵達，另一方面也因為她很親和，讓每一次的相會都很開心。

這種情形比較特別，在於她並不是我課堂上的學生，對我或許陌生。她的父親曾經是我的同事，書教得極好，鬼故事尤其讓學生們難忘，教了一輩子的書，桃李滿天下。

素端事後跟我說：「我第一次來，其實是很忐忑不安的。因為不曾上過您的課，不知該說什麼話？該如何跟您相處？」

見面一聊天，立刻，所有心中的憂慮都如煙消雲散。我們可談的話題很多，談白河、談她的同學和師長，這些都是我們熟悉且關注的。也談到她婚後的生活，照顧生病的公公，後來公公失智，日久嚴重，照顧益發顯得困難，我相信在這個過程裡，她有委屈也有壓力，並不是那麼容易，她卻沒有任何一句激憤之語，可見家教的良好和個性的純良。後來公公過世了，兒子們也日漸長大，曾經忙著公公的事卻無暇照料的孩子們都在軌道上，表現都很不錯。印證了我從來都相信的「人在做，天在看」。

後來，娘家的母親突然過世，留下了父親形單影隻，兒女們都在外地，想要迎養，已經退休的父親卻捨不得離開熟悉的故里。幸好父親的身體還算硬朗，慢慢的，也可以獨立生活，讓兒女們比較放心。素端是長女，每天打電話回去問安，若真有事也可以飛奔前往照顧。

是一個難得的孝順女兒。父母生養她，也該覺得安慰了。

書上有這樣的話語：

富不肯讀書，貴不肯積德，錯過可惜也；
少不肯事長，愚不肯親賢，不祥莫大焉。

在富有時不肯好好讀書，在顯貴時不肯積下德業，錯過了寶貴的時機，真是可惜啊。年少時不肯敬奉長輩，愚昧時卻又不肯向賢能者請教，這都是最不祥的預兆。

行善和行孝都要攘臂爭先，切莫落於人後，努力學習，謙卑請益，也都不應視為等閒。

這些，素端都做得很好。嚴謹的家教，也讓她進退有節，待人接物尤其顯得合宜。

我和學生的感情一直很親，卻各有各的忙，加以住得遠，連見面的機會也不常有。素端從來不是我課堂上的學生，卻因為住得近而時相過從，想來必然是前世結了好緣，今生才能時時歡喜相見。

人間的相逢原也不易，可能需要幾世的緣分，才得有今生的照面。

有些人把它看得太輕易了，以為相逢不難，又怎麼會珍惜呢？

有時候一別，就再也無法相逢了。就像芒花的四散，不知被命運的風給吹向了何處？難道，要等到那個時候再來後悔嗎？

所以結善緣是很重要的，若有深緣，希望再一次的相遇也是歡喜的。

如果不想留下遺憾，就要多一點善意，多一點惜情。

我珍惜人生路程上的每一個好因緣。我以為，那是上天給予的珍寶，並非人人都有、時時可得。

窗外有星

星星，是我年少時候的朋友。

從小是個安靜的孩子，緊閉著嘴，不說話。功課好，愛看書，就是不想說話。也許是活在自己的世界中，寧可在文字的國度裡遨遊，尋山訪水，美不勝收。為什麼要說話呢？何必那麼累？

隨著小學、中學，直到大學，功課越來越沉重，有時候，夜深時還在寫作業。很辛苦啊，這時候，窗外有星星在徘徊，是想要安慰我嗎？

我抬起頭來，向著窗口張望，星星靜默，卻閃耀著光芒。那星光也許微弱，在我眼裡，卻是溫暖的。

長大以後，有著更多的心事，同儕之中暗地裡的較量，在愛與不愛之間的擺盪，工作環境、壓力，身體的病痛……總有一些不順遂和委屈，有誰能聽我傾訴呢？或許也只有天上的星星了。

有時天候不佳，或陰雨或有颱風來襲，天上的星月全都不見了蹤影；然而，也只是一時避著，等到天氣晴朗，颱風遠去，它們又會再現芳蹤。

我習慣和它們遙遙相望，心裡都是歡喜，彷彿那是生命中的故人，帶著深情和我相遇。

會不會是因為我從小害羞內向，和手足玩不到一塊兒，在孤單的日子裡，卻把感情投射到星星上，於是星星成了我的好朋友？

人生中有一知己是幸運的，人可以成為知己，物又何獨不然呢？古往今來，這樣的例子也不少。

如：東晉詩人陶淵明愛菊，在他的詩中有：「採菊東籬下，悠然見南山」，其間有歸隱田園的真趣，這是他詠菊的名句，膾炙人口，於是，他被公認是菊花的知己。林和靖是北宋的詩人，隱居在杭州西湖的孤山，植梅養鶴，終身不娶，人稱「梅妻鶴子」，他就是梅花、仙鶴的知己；周敦頤是北宋的學者，寫〈愛蓮說〉，是傳世的名篇，他是蓮花的知己……

《圍爐夜話》中，也有這樣的文字：

人得一知己，須對知己而無慚；

士既多讀書，必求讀書而有用。

人的一生能得到一個知己，是何其幸運的事，面對知己，要能無愧於心。讀書人既然讀了很多書，更要將學問活用於世間，做出更大的貢獻。

多麼值得我們深思。

那麼，我呢？我的知己是誰呢？

窗外的星星就是。

無須長途跋涉、千里奔波，就能相會。只要夜裡打開窗，總能見著，於是，它也好似和我一起生活，洞悉了我所有的離合悲歡，我的祕密它都知曉。

窗外有星，彷彿是守候我的天使。

輯二

溫柔的堅持

冷眼靜觀
夜寂寂
借月光
檢視我一生行跡

溫柔的堅持

長久以來，我堅持，以溫柔而持久的方式。

有的人粗暴、強悍，不管有理無理，從不讓人。嗓門大，以聲勢奪人，即使理虧，也絕不示弱。很像潑婦罵街，大家都怕；也很像是兵，秀才遇見的那一種。遇上了，看你怎麼辦，能耐又如何。

有一次，我們一起去看個相熟的朋友，也不知道怎麼一回事，好像出現了歧見。我那朋友的口才一向好極了，堅持己見，絕不相讓，咄咄逼人，難以招架。眼見情形如此，我們立刻保持靜默，風波因此止息。告辭出來時，我們也都沒說什麼，只是大家心裡有數，朋友的婚姻慘敗，親子疏離，其實是看得出端倪的。憑他那樣的強勢作風，不容分說的硬拗態度，毫無轉圜的餘地。長此以往，能不眾叛親離嗎？

我從來溫和，幸運的是遇到的大多是好人，所以人生大抵平順，不見什麼波瀾。感謝上天的成全，方得如此幸運。所以周遭一團和氣，人人歡喜。天真的我，居然以為：為什麼一定要弄到大家都不愉快呢？

有時候，也可能是不得已。如果遇到的是一個不可理喻的人，恐怕也很難「溫良恭儉」，對方無理也大鬧，這時只好暫時抽身離去，留下謾罵的對方。沒有對手，很快就要休兵了，要不然，徒然成了旁觀者的笑話，也十分不堪。

《圍爐夜話》中，有這樣的一小段文字：

莫大之禍，起於須臾之不忍，不可不謹。

人生再大的禍事，都起因於一時的不肯忍耐，所以凡事不可不謹慎。真的，小不忍，則亂大謀。說得有理。

然而，我有時候也覺得：和人相處，簡直是一種藝術。

和好人相處，可以講道理，當然不成問題。和乖戾者、偏執狂相處，則大為不易，只怕連自己都會受到無妄之災，賠上身家性命的，也有可能。我是沒有那樣本事的。

我的人簡單，思維也簡單，上天只給我少少的負擔，讓我更能快樂過日子。我常想：

自己所以能保持心境的平和，與人為善，一切都來自上天的疼惜。

所以，我能溫柔的堅持，也只在對理想的追尋，對工作的態度。由於夠努力，持續久了，終究看得到小小的成果。

世上努力的人很多，卻也未必都能看得到開花結果，其中仍有際遇的問題。我很幸運，真的。

冷眼靜觀

當我們面對著紛紜的世事，冷眼靜觀，理性處理，才是上策。

我在《圍爐夜話》中，讀到這樣的文字：

凡遇事物突來，必熟思審處，恐貽後悔；不幸家庭釁起，須忍讓曲全，勿失舊歡。

一遇到突發的事，務必仔細的思考，審慎的處理，以免事後反悔。家中不幸起了嫌隙，必要盡量忍讓，委曲求全，切莫傷了往日的感情。

人生中的遭遇很多，突如其來的，也在所難免，千萬不要自亂陣腳、貿然行事，多一分考慮，慎重面對，才不致下錯了決定。

剛開始，恐怕不容易，可是，我們可以學習。幾番歷練之後，也能駕輕就熟。沒有人是天生能幹的，只要肯學，終能獲益。縱使累積了許多失敗的經驗，然而，距離成功也就不遠了。那麼，又何必妄自菲薄呢？

年輕的時候，我看母親，以她那麼一個感情豐富的人，在處理事情上，卻能回歸理性，不曾意氣用事，多麼讓人佩服。因為她感情豐富，所以她樂於助人，卻又由於講究方法，既幫了人，也不讓自己陷於泥淖之中。

如果只是跟著感情走，其實是可怕的，甚至有可能讓自己的人生風雨飄搖。有個我認識的女孩，輕易的捐贈了一個腎臟給男友，她說她多情，我卻不能認同，這樣重大的決定是需要三思的。當然由於法令的規定，他們結婚了，然而往後，她終生身體不佳，也多少肇因於此。如果，有一天，還要麻煩別人照顧她，那麼，當年她做對了嗎？

也許，愛情本來就讓人盲目，如飛蛾的撲火，殞身不顧；加以那時年紀輕，思慮未必周延，輕率的決定，也付出了後來極大的代價。

可是，等到真正清楚後果時，都已經來不及了。

即使在繁華熱鬧處，也要能冷眼靜觀，才是個有智慧的人。

我不喜歡熱鬧的場合，有時候卻也無法避免。於是，我總要尋那幽靜的一角，以供心靈的休憩，如果不能，就讓自己做壁上觀吧。看人來人往，看衣香鬢影，世間的繁華與我無涉，我只是孤單的旅人。

我希望自己是個動靜皆宜的人，能夠感性和理性兼具，這值得我傾畢生之力來修為。只一味的感性，怕流於意氣，不足以成事。太過理性，一板一眼，卻也少了情味。過猶不及，總是不盡理想。我希望自己是個有溫度的人，又能擁有知性之美。

感性的美，近於火焰的熱情，如風和日暖，鳥語花香。理性的美，則屬智慧，像精工雕刻，追求完美極致。

但願，我能養成省思的習慣，冷眼靜觀，謹慎從事，錯誤少一些，憾恨也可以因之避免。

時時保有平靜的心，才能冷眼靜觀，不被障蔽，更得清心自在。

說好話

讀《圍爐夜話》，其中有這樣的一則：

人皆欲會說話，蘇秦乃因會說話而殺身；
人皆欲多積財，石崇乃因多積財而喪命。

世人都希望自己能言善道，然而戰國時的蘇秦卻因為口才太好，而遭到殺身之禍。世人都希望自己能積存很多的財富，可是晉代的石崇就是因為財富太多，遭人嫉妒而喪失性命。

說的，其實是樹大招風，恐非福祉。

可是，單就把話說好，也並不如想像中的容易。

也許是因為我從小就是一個害羞的小孩，話很少，能不說就不說，有時候甚至只以點頭和搖頭來表達，輕鬆自在，日子也可以這麼過的。

愛讀書，每天都在讀，我以為說話有什麼難的呢？讀了那麼多書，不愁說話時沒有內容，題材到處都是，有什麼好擔心的？

後來，我去教書，說話變成必須，講課當然更要說，生活瑣事，耳提面命，要說的可就多著呢。我終究發現，說話豈是小道？也需要多加訓練，方能得心應手，舉座皆歡。

剛開始，我意在此，而聽者竟以為在彼，我很沮喪啊，怎麼會有這樣的誤會？幸好有心要學，仔細聆聽別人的說話，截人之長以補己之短，很快的，也就上手了；卻也遠不如我原先所想的「有如探囊取物之易」。

善於說話，不會是太容易的，否則，豈不人人都是「名嘴」！如果滿街都是，那還有什麼稀奇的嗎？

一般人如果只要求明白表達，也未必太艱難。

如何把話說得好呢？

真誠的說，說好話、鼓勵的話、有益人心的話，努力做到不傷人而能體貼人，我以為，就可以了。至於技巧上的問題，學習不難，日有進境就是好。

畢竟不是要上談判桌。折衝樽俎，福國利民，那是外交家所為，我們是要向他們豎起大拇指的。

我們過著尋常生活，說真心話，說有意義的話，不就可以了嗎？

我不喜歡那愛傳話的人，我也不愛那以議論為樂事的人。話出如風，輕率說話也輕率傳話的人，我總覺得不太牢靠，無法推心置腹。那些道聽塗說、加油添醋的話，還說得口沫橫飛，自以為淋漓盡致，其實是不聽也罷，又能有什麼益處，萬一風波由此而起，豈不更糟了嗎？基本上，這些喜傳話、愛議論的人，如果不是喜歡搧風點火，也多少有唯恐天下不亂的意味吧。如果一口咬定他們居心叵測或許有些言重了，但到底不是個誠懇的人，則是可以肯定的。

謹言慎行有必要，就從言語上的小心開始吧。

非禮勿言，古人說的，還真有幾分道理呢。

只說好話，不探人隱私，更不傳播謠言，在我，都是最起碼的生活規範。

小茉莉

花有千百種，各有各的可愛。

她的個兒嬌小，皮膚白皙，很像一朵小茉莉。

小茉莉其實並不起眼，花開一簇簇，潔白如雪，可是，你會注意到哪一朵嗎？然而，當它芬芳滿枝椏，就在心靈沉靜的那一刻，你終究依循著香氣而至，看到了夢中的花。

那天，我到醫院去打新流感預防針時，遇見了一個婆婆，她坐的地方離我比較遠，中間還隔著茶几。

婆婆坐在椅子上，前面是她的輪椅和拐杖。她一個人，不見有陪伴的晚輩。

我聽見她旁邊的女子，很熱心的說：「我可以陪妳，不用擔心。」那女子頗年輕，三十多歲的人，皮膚很白，看起來很溫和。

婆婆卻一再的說：「我沒路用了啦。」聽了，真是心酸。

婆婆今年九十三了，如此大的歲數，還能自己上醫院，真是勇敢；不過，她看來卻只像八十左右呢。

我的身體不好，不可能活那麼久，可是，活的或長或短，哪裡由得了自己？如果真要活那麼久，也是辛苦。親友們一個個凋零，找不到說話的友伴，多麼的孤單啊，我簡直不敢想像那般孤寂的歲月。

那女子在安慰著婆婆，心慈人美，想必具有真性情。聽她溫言暖語，多麼讓人感動。

《圍爐夜話》裡有這麼一句話：

有真性情，須有真涵養；

有大識見，乃有大文章。

要達到至真無妄的性情，一定先要有真正的修養；要先有慧眼洞明的見識，也才能寫出不朽的文章。

我相信：內在美了，豐厚了，形之於外，也才讓人歡喜讚歎。

我就要離去了，當我走過她的身旁，忍不住跟她說：「妳做得很好。」她笑著告訴我，她是這家醫院的義工，今天也來打預防針。

我離開了，在這寒冷的歲末，想到那女子的慈美容顏，多麼像是一朵芬芳的小茉莉，我的心中好似有暖流緩緩流過，一如陽光的和煦。

一朵雲，自在從容

她是一朵自在的雲，即使行在萬丈紅塵的台北都會，依然保有一貫的優雅與從容。我知道那不是容易的。有一部分固然來自她的心性，更多的，則有賴長期的修為。

她善良，待人謙和，也多有包容。這樣的個性，也讓她很容易遭人利用。她聰明，難道會一無所覺嗎？我相信，她是明白的，卻帶著悲憫的心，一再容忍對方的予取予求。有時候，她也借各種名目避著對方，如果對方再窮追不捨，不識時務的話，她也可能冷淡處理。可惜，也只有一陣子，過後就忘了，又把對方當朋友相待，又去幫忙，直到下一回受傷。

朋友的好處，在於可以選擇。我們都認為，那些自私自利、人品不端的，根本就應該割席絕交，留著做什麼呢？遲早是個「禍害」，她卻心軟的說：「可是她連個朋友都沒有！」沒有朋友？那，她更應該閉門思過，關我們什麼事？

她喜歡書和旅行。閱讀各式各樣的書，從詩歌到戲劇，從古典到新潮，從散文到各種小說，包括歷史、推理、愛情、冒險、驚悚等，讀得很雜，那是她精神上的享受。她常說：「閱讀，讓我擁有多種不同的人生。」買書之多，滿坑滿谷，最後捐給偏遠地區的學校和教會。她說：「新書太多了，舊書因此不必保存。多一個人看，就更發揮了書的效益。」看來，她是一個深諳「分享」藝術的人。她經常旅行，從一座城市到另一座城市，從一個國度到另一個國度。她是漂泊的旅者，卻樂此而不疲。說起旅行，她立刻眼睛發亮，如數家珍，彷彿整個人都「鮮活」了起來。

原來，她對旅行的喜愛不亞於書。於是，她在萬紫千紅的文字花園裡穿梭個不停，也在天地間的山水景物中尋幽訪勝，流連忘返。她的心思細密，觀察敏銳，常能見人所不能見。

該也是書和旅行增廣了她的見聞吧？她的胸懷寬闊，如大地，如天空，廣袤而不見邊際。有時候，顯然她跟我們有不同的看法，她卻總是笑一笑，不是那麼愛解釋或抗辯。私下或許說一說，人多的場合更是惜話如金。

有一次，我在書上讀到這樣的一段話，真心覺得彷彿是她人生的注解：

觀朱霞，悟其明麗；觀白雲，悟其卷舒；觀山嶽，悟其靈奇；觀河海，悟其浩瀚，則俯仰間皆文章也。

對綠竹，得其虛心；對黃華，得其晚節；對松柏，得其本性；對芝蘭，得其幽芳，則遊覽處皆師友也。

觀賞紅霞時，領會它的明媚豔麗；觀看白雲時，欣賞它的舒卷自如；觀賞奇山異峰時，感悟它的靈秀挺拔；觀看大海時，領悟它的寬闊無邊，只要用心體會，那麼天地之間處處都是發人深省的好文章。面對綠竹時，能學習到待人要謙虛有禮；面對菊花時，學習到人應清白晚節；面對松柏，學習到即使處在逆境中也要堅毅不拔；而在面對芝蘭香草時，學習到品德的芬芳幽遠，那麼在遊覽中到處都是讓我們有所學習的良師益友。

處處留心都是學問，而她，尤其像是一個「生活藝術家」，擅長在平凡中領會雋永的滋味。

平日找她，她多半不在家，也許外出有飯局，也許根本就出國去了。只要她在國內，原則上，晚上不外出，因為她要看書。她說：「夜晚，是比較安靜的時刻，無論閱讀或思考，都好。」她通常都要讀到夜闌人靜，方才拋下書冊去休息。算是用功的，她卻說：

「不讀快一點，不行啦，根本就瞠乎其後，完全趕不上出版界出書的速度呢。」因為她愛看，所以我常找她詢問好書在哪兒？她開出的書單落落長，「愛書人」的封號，非她莫屬。她不只勤於讀，還常寫讀書筆記。她說：「這是必須，要不，我很快就會忘記了。」

她沉靜卻也有趣，來自內涵的豐厚，是一個讓人「即之也溫」的人。

在我的眼裡，她就像藍天中的一朵雲，自在而從容。

世間行路

人間行路，漫漫長途，我們也從其中學到了很多。

世事果真有如浮雲，那麼，還有什麼是值得計較的？

年輕的時候，我們參透不了這些。心中有太多的執著，無法放下。我們在意這個，又在意那個，卻不知我們因此而被綑綁。試想：翅膀被箝制的鳥兒，又如何能飛得高又遠呢？

總是在經歷過許多的紅塵悲歡之後，我們才慢慢的了解，富貴名利都是短暫，我們因著竭力的追求，卻在過程裡失去了更為珍貴的，如健康、親情、友愛等等。就算天從人願，功名利祿都到了手，卻發現那不可能是永恆，轉眼都會失去。

放下，才能得自在。然而，其間需要有很大的智慧，幾人能夠？

她是我的好朋友，家境不錯，父親是賣房子的，小有資產。

二十多年前，堂哥要做生意，亟需資金，於是前來跟父親商借了五百萬。

沒有想到生意沒有做成，借出的五百萬，最後還了兩百五十萬。當時堂哥信誓旦旦，「有朝一日，若飛黃騰達，一定還清全部借款。」這事就算了結了。

後來，堂哥東山再起，也發達了，然而當年所說的話，宛如風過耳邊，再也不曾提及。或許他那時也不過是隨便說說，根本沒有當真。

如今，父親年歲大了，身體日差，不快樂的活著。

她以為，父親的不開朗，是因為身體的關係。

今天她又再去探望父親，聊著聊著，父親竟然說：「不信天道不還。我要活得更久一點，留一口氣，看妳堂哥的下場。」

她心中大駭，多少年前的往事了，節儉一輩子的父親，竟為此這般耿耿於懷，執意不肯放下。

該怎麼勸父親呢？

她舉了自己的例子。她和丈夫共同努力經營了多年的電腦公司，眼看著就要被惡意的併購了，只得忍痛將公司整個結束，發給員工資遣金，全部的支出高達一千多萬。丈夫很想不開，她則極力的開導：「一切都照規矩來，不虧待任何一個員工，即使我們要花很多錢，也要做謹守道德的一代，以庇蔭後人……」

也勸了好久，丈夫首肯了。但是這樣的話，父親是不是聽得進去呢？如果父親聽不進去，其實那兩百五十萬也根本是回不來的，賠上的卻是自己的心情，以及餘生的不快樂。

父親仔細想過嗎？解不開的結，永遠是心靈上的重負。唯有放下，才得輕鬆。聽了她說的故事，我終於了解，正向思考，有多麼的重要了。

這是一個充滿了矛盾的複雜世界，因此明辨是非是一種智慧，不忘廉恥，也才能潔身自愛。

《圍爐夜話》中說：

心能辨是非，處事方能決斷；
人不忘廉恥，立身自不卑污。

心中能夠辨別是與非，處理事情才能果敢決斷。人能不忘記廉恥心，為人處世自然就高潔出塵，不做任何卑鄙污穢的事。

所以，是非要清楚，善惡能分辨，處事必定有方。而一個人能明廉恥，自然有所為，也有所不為。

世間行路，漫漫長途，我們如何能幸運的都遇到好人呢？然而，縱使被騙，騙財騙色騙感情，讓整個人跌落到谷底，也不要放棄希望，以悲憫寬闊的心，努力走出困局。不怨怪，不遷怒，從中得到的教訓是珍貴的。牢記在心，永遠不重蹈覆轍，讓它成為上天所給予的禮物。

知易行難，有賴修為。仔細思考，多方斟酌，讓智慧為我們除去眼前的迷霧，我們終究看到了明燦的陽光，為我們照亮前途。

沒有激憤，平靜的心，才是可貴的。

一葉心箋

她是我的鄰居大姊姊，一直待我友善。

她能幹而美麗，是我的偶像，我真心希望有一天自己也能像她一樣。

後來，大學畢業了，我到鄉下教書，離家很遠，她力勸我請調回來，可是難度很高，加以我欠缺自信，於是這事便一年拖過一年。直到她生氣了，說：「我知道了，妳留在那裡，是要當大家的榜樣。」這當然只是氣話，卻也逼迫我積極面對，終於調回台北。

台北畢竟是人文薈萃的所在，也提供了我許多學習的機會。

幾年下來，我逐漸明白，唯有不斷的為別人服務，才有可能培養能力，學會處事的方法。眾人之事難為，各種意見很多，只要達到目標，過程中的閒話都不必放在心上。

我肯定了熱心的可貴，自私的人凡事計較，睚眥必報，注定了人緣不佳，格局太小，只好凡庸過一生。凡庸，也未必不好，一切都在個人的選擇。

我也見識到了傑出人物的時間管理，他們日理萬機，卻從不說忙，仍然可以好整以暇陪你說話，請你吃飯。再看看我周遭那些每天大喊「忙死了」的朋友，其實什麼工作成績也拿不出來，不過是尋常過日子罷了。雲泥之別立見，也給了我許多的深思。

太驕傲的人是沒有好朋友的。若老是自認高人一等，經常嘲諷譏刺別人，總覺得別人很笨，遠不如她，後來運氣不好，遇上了愛情騙子，落得一場空，那男子居心叵測，最後揚長而去。

謙卑多麼必要。當年被她嘲諷的人可親眼見到她的不堪。人世裡，每個人的歷練都太多了，戒慎恐懼是必須，沒有誰是可以沾沾自喜的。

勇敢的邁出步伐去功課，別人的真實故事都是絕佳的教材，教導我們如何走過這悲喜的人生。

世間的離合悲歡都是功課，我也逐漸明白了《圍爐夜話》中的這段文字：

> 世風之狡詐多端，到底忠厚人顛撲不破；
> 末俗以繁華相尚，終覺冷淡處趣味彌長。

世俗的風氣日漸狡詐多樣，但忠厚的人誠懇踏實，他們的穩重質樸，始終是眾人行事的典範。當習俗日趨奢侈浮華，終究覺得還是寂靜平淡的日子，更加耐人尋味。

活著，仍應重視大是大非，這是為人處事的根本。修養，就從自身做起，連細行也不疏忽。

年少的時候，我曾在筆記簿上寫下：「愛，是不問收穫的耕耘，是不計得失的付出。」那時，我何嘗明白它真正的意思呢？許多日子以後我才逐漸的了解：如果計較收穫，如何肯埋頭耕耘？如果計算得失，恐怕就不肯全心付出了。一個處處錙銖必較的人生，談不上富麗多采。

熱情、勇敢、謙卑、努力，這樣的人生比較接近我的期待。

許多歲月流逝以後，偶然間，遇到當年的鄰居大姊姊，她很高興的跟我說：「妳的表現太好了，我們都以妳為榮！」感謝這樣的稱讚，也肯定了我多年來的用心付出和認真以赴。

輯三

心中的蓮花

終是清新雅潔
亭亭淨植的一株古典
有最美的空靈
最初的溫柔

保守我們的心

無論任何的宗教，都要求我們能保守自己的心。「中庸之道」一直蘊含著珍貴的哲理。《圍爐夜話》中，也有一句類似的話語：

把自己太看高了，便不能長進；
把自己太看低了，便不能振興。

認為自己非常聰慧高明，無人能及，便不會再求進步。認為自己樣樣不如人，自暴自棄，便不會再想振作了。

恆久的力求上進，我們的人生才能趨向完美。信心的太過與不及，也都不好。所以不卑不亢，才是合宜的態度。

所謂的啟發智慧，也是這樣吧。

因為，心是所有言行舉止的主宰。心若定，就不會驚慌失措，也比較不會有錯誤的抉擇，懊悔就跟著減少了。

心，的確決定了我們是怎樣的一個人。

一段話很有意思：「心小了，所有的小事就大了；心大了，所有的大事都小了；看淡世事滄桑，內心安然無恙。」

所以胸懷寬闊，多有包容，不必在意那些枝枝節節，快樂也就多了。

真心希望我們都是這樣的人。

心美，更重要。人是因為心地的善良溫柔，體貼寬闊，才讓人覺得可愛，也才顯得特別的美麗。

當一個人只有外貌迷人，卻心如蛇蠍，最後依舊是眾叛親離。邪惡的內在，讓他失去了所有的一切。

人的外表可以包裝，卻只是一個假相；但心不能包裝，人的言行舉止，彰顯了他內心的思維。

如果心中有愛，處處皆見可愛，無論是人事和物，又何處不是美麗的風景？

如果內心只有恨，那麼到處都可恨，又哪裡活得下去呢？

如果懂得感恩，無時不可以感恩，就能化解怨怒之氣，得到安寧。平靜裡，自有勇氣。

我們既然來到了這個世界，無處可以逃躲，有太多的責任需要肩負，有太多的難題需要面對。既然這樣，不如勇敢承擔。縱使以為人間沒有淨土，也要先能靜心，沉著以對。

所以，務必保守我們的心，做一個好人，也做一個有用的人，如此，才能無忝所生。

認養願望

美好的文字，是非常迷人的。

她說，她喜歡閱讀，曾經在書上讀過這樣的文字：

習讀書之業，便當知讀書之樂；

存為善之心，不必邀為善之名。

愛讀書的人，就能領會讀書的樂趣。時時存有為善的心，卻不必邀得為善的名聲。

她一直把這句話牢記在心。

讀書時，她曾經辦過班刊，大學畢業忙著找工作時，她把這一點也寫進履歷表去了，很幸運的，工作有了著落。

事後，她的主管跟她說，她的學歷普通，是因為她辦過班刊，才在那麼多的應徵者中脫穎而出。其餘她會的，別人也會，並不顯得特別。

她很感恩，也在工作上盡心盡力。

此外，她也幫弱勢團體。每年，她替兒福聯盟的小朋友實現夢想，社會的迴響很大。其實，憑藉的，也是文字。

她要小朋友們認真的把心中的願望寫出來，然後，她在小朋友的願望下，也寫了短短的幾行字。

例如，有個小朋友想要一輛舊單車，她就寫著：「您把舊單車捐出來，成全了一個小朋友的夢想。當您騎著單車四處遨遊時，想一想，有一個小朋友也正快樂的在單車上，跟您一樣看著這個美麗的世界呢。」有個小男孩想要一個籃球，她就寫著：「他會不會是我們未來的『飛人喬丹』呢？如果您能助一臂之力，一個籃球，也許就能使小男孩的夢想成真。」……

不同的文字觸動了許多人柔軟的內心，大家都很樂意，依自己的能力，去認養小朋友們的願望。

美好的文字是有魅力的，我也相信。

這個冬天很冷，寒流一波波的來到，轉眼間，新年就快要到了。

她看到兒福聯盟推出的願望樹上，有一個小朋友寫著：「我好想吃火鍋。」她自己認養了。

可是她好忙，沒有辦法陪那個小朋友吃火鍋。她想，如果給小朋友錢，他會不會挪作他用呢？她不曉得。

後來，她直接去找大賣場的經理，跟他提起這件事，給了一千塊，請經理將火鍋料搭配齊全。然後，她讓小朋友去找經理，把火鍋料帶回家。不只那個小朋友吃了火鍋，全家人也都分享了。

在寒冷的冬天裡，有一家人可以圍坐在一起吃著暖和的火鍋，她也覺得很歡喜，彷彿天氣不再那麼濕冷，甚至心頭有著暖意升起。

她很高興自己有能力幫助別人，為善，即使如此微小，不過只是舉手之勞，對方可以受惠，自己也感到歡喜。

心中的蓮花

願我的心中恆常有蓮花的開啟。

在這個濁世之中，有太多的紛爭擾攘，讓我們過得不快樂。那些爭執無禮、吵鬧不休，像一根根的刺，讓我們心痛。怎麼辦呢？我們又不能遠離塵囂，遺世而獨立。

也許，更有賴於個人的修為。

就像孔子說的，「非禮勿言，非禮勿聽，非禮勿視，非禮勿動。」只要不合於禮的，都不要讓它進入我們的心中，也就不會動氣發怒、干擾心緒的平靜了。

只是，這樣的做法還是有一點消極。也許，我們只要往好的和對的方向努力前行就可以了，其他的，放水流吧，干卿底事！

我喜歡書上這樣的一段話：「懷助人的心，行舒心的事，做單純的人，走幸福的路。」細細品讀，彷彿心中真有蓮花的開啟，香遠益清。

所有的善念和善行，都適合供養內在的蓮花，它會一分分的長大，綻放美麗的花朵。

我曾經在書上讀到這樣的話語：

行善濟人，人遂得以安全，即在我亦為快意；

逞奸謀事，事難必其穩便，可惜他徒自壞心。

人常做好事，助人為樂，他人因此得到幫助而脫離苦海，自己也覺得十分愉快。整天想著算計別人，費盡心力去圖謀，事情也未必就順利得逞，導致身敗名裂，徒然擁有壞心腸。

善事易為，而惡事難成。何況，為善最樂。

所以，積極行善是好的，畢竟助人之心，是快樂的根源。

我曾經有機緣認識法鼓山的婉珠師姊，她的兒女都已經長大，成家立業了。老伴過世後，她虔誠禮佛，孝順的兒女也常給她錢，她卻全數捐給佛菩薩，不曾為自己存留。很多人都告訴她不宜如此，她卻笑笑，不放在心上。她說：「好奇怪，我一點都不擔心。我相信，佛菩薩自有安排。」她如此信靠，無有恐懼，也是福氣。

她雖然早就退休了，卻由於走入信仰，變得非常忙碌。要禮佛，要收功德款，要當義工，整天趴趴走，一刻也不得閒。

她有一張溫和的臉，心地慈善，也單純有如赤子。兒孫們各個平順而且出色，不勞她操心。我相信，她總是走在幸福的路上。

如果她心中有一朵花，我想，那必然會是蓮花了。她以善言善行來虔誠供養，也難怪連周遭都芬芳了起來。

善待別人

人間行路，不論你遭逢了什麼，幸或不幸，歡喜或眼淚，都請微笑面對。

微笑面對，是善待的開始，善待別人，也善待了自己。

是誰說的呢？每天給自己一個希望吧，明天還沒有來到，無須事先煩惱，說不定你所擔心的，根本沒有發生。至於昨天的，早已遠去，連嘆息都沒有必要。只有今天最為實際，因為它正在自己的手中。誰能活在當下，那就是一個有智慧的人。

請面帶微笑，展開全新的一天，且相信它必然美好。

終究會美夢成真。

然而，在人際關係裡，善待別人，則是快樂的開始。

《圍爐夜話》裡，有一段話這麼說：

以直道教人，人即不從，而自反無愧。切勿曲以求容也；
以誠心待人，人或不諒，而歷久自明。不必急於求白也。

以正直的道理去教導人，別人即使不接受，只要我問心無愧，千萬不要委曲求全，葬送了真理、正義。以誠心來對待別人，縱使對方不理解而有所誤會，但時日久了，他自然明白，不必急於辯解。

許多人都太在乎自己了，覺得為什麼別人老是對自己不好或不夠好，因而心生怨懟，誤會也就深了。當我們希望得到別人的好意相待時，那麼，請先善待別人吧。

首先，每天面帶微笑，微笑，替我們傳達了心中的善意。

我有個精於算命的朋友跟我說：「命，可能是定數。可是，運是可以改變的。只要你經常保持微笑，好運，就會跟著來。」

人人都希望好運，原來，就這麼簡單，請多多微笑。

可是，除了微笑，我們要如何才能讓別人更能感受到我們心中的友善呢？請多說讚美的話，也不要吝惜說出感恩的話。

說好話，出自真誠的說，的確是重要的。

說讚美的話，首先要發掘對方的優點，而且要說出口，只要來自真心誠意，都有如動人的樂章。不要只在心中暗暗的稱讚，而是要公開的、大聲的說出來，這樣，對方才能知曉你的心意。何況，讚美是對良好言行的直接肯定。因為讚美，也讓對方更樂意力求精進，百尺竿頭更進一步。

說感恩的話，要為對方的好意和善行表達由衷的感謝，可以一說再說，多次的說，讓對方知道自己的感激，也讓自己更明白個人的幸運，曾經得到這許多的關懷和友愛。因為，人生並不全然如同塞外行，越走越荒涼，越走風沙也越大。它一樣有綠洲，有小橋流水人家，更有珍貴的美意和溫暖。

當我們善待別人，其實也善待了自己，快樂就常駐在心頭了。

人生的選擇

人生，其實充滿了大大小小的選擇，不一而足。

當我們畢業以後，工作了，從此以為，定然可以遠離考試了。

其實不然，人生是更重要的試卷。當我們面對著人生的試卷時，是與非，還不難判斷，至於那多重的選擇，到底該選這還是選那？常令我們躊躇再三，每一個答題，都可能關乎我們未來的發展，甚至是整個人生的禍福。

怎麼辦呢？

選擇要謹慎，也考驗著我們的智慧。

要做全面的考量。像沙盤的推演，預估往後可能的連鎖反應，那樣的後果，會不會是自己所能或樂意接受的？

要就教於高明。前輩的經驗可貴，不論那個經驗是成功還是失敗，都可以作為參考。

要傾聽內心的聲音。只有自己最明白真心想要的是什麼，任何的選擇都要出自心甘情願。

最後，要愛自己的選擇，不論成敗，都要平靜接受。

既然已經是多方考慮，小心選擇，那麼，就要相信，那樣的決定已經是能力所及中最好的了。另一個選擇更好嗎？其實未必。那一條自己不曾走的路，也許困難更多，荊棘更不易跨越。

如果成功，要謙卑感恩，因為其中必然有別人的善意和上天的成全。

如果失敗，要汲取教訓，前車之鑒，後事之師，那是人生的啟發，彌足珍貴。

所以，面對選擇的時候，無須惶惑害怕。仔細觀察，全方位的考慮，審慎的決定，便應該相信，那樣的決定是好的。

人生的選擇，各式各樣何其多！重大的選擇，影響深遠，如職業、婚姻、移居……微小的選擇更多也更常見，尋常生活裡到處都有，我們不記得，是因為它無足輕重。

還是前人有智慧。《圍爐夜話》裡這麼說：

為善之端無盡，只講一「讓」字，便人人可行；

立身之道何窮，只得一「敬」字，便事事皆整。

世間行善的方法無窮盡，只要能講一個「讓」字，人人都可以做到。處事的道理千百條，哪有止盡，只要能做到一個「敬」字，就能使所有的事情圓滿完整。真是提綱挈領，讓人佩服。

你呢？你一定也曾遇到許多大大小小的選擇，也希望你都做了明智的選擇，讓人生的路程走得更加的順遂平穩。

面對人生的重大決定，請謹慎處理。起手無回大丈夫，有時候也的確是這樣。如果再回頭已百年身，那麼，能不多加小心嗎？

凡事感恩

自從努力做到「凡事感恩」，我的人生因此有了很大的不同。至少，比起以前，我的快樂更添幾分了。

三十年前，有人從看守所中給我寫信，應該是我的讀者吧。文字之間多的是激越憤怒之語，恨社會的不公不義，怨一己的冤屈得不到伸張……或許因為事情才剛發生，他完全不能從仇恨的泥淖中掙脫出來，一心在意的，都在自己所受到的不公平對待。「這是個混濁的年代，公平正義早已死去」，他在信末寫下如此的結論。

信我回了，然而彼時我也年輕，欠缺人生閱歷的我其實無法洞徹他的苦痛。如果他要的只是一個傾訴的對象，我或許可以勉力為之。倘若他希望有人能指點迷津，則我完全是個不適任的人選，簡直是問道於盲。

人心百百種，冤獄有可能，被人陷害也有可能，人生觀因此被扭曲，也未嘗不可能。

我此刻想到他，仍不免寄以深深的同情。

可是，每個人生命途程的遭逢各有千秋，無論遇或不遇，其間都各有因緣。重要的是，以怎樣的態度來看待，那才是真正決定了人生高度的依據。你可能更為崇高，讓人景仰。你也可能向下沉淪，令人不齒。決定權，都在自己。

也有人走進高牆，不論原因是什麼，或遭人構陷或誤交損友或染上惡習或一時魯莽……但能痛定思痛，自認個人身體健全、頭腦正常，沒有理由諉過於人。犯錯，就承擔。被害，也因自己識人不明。明白今是昨非，勇於遷善改過，那麼什麼苦不能吃？什麼錯不能改？走出高牆以後，洗心革面，還是好漢一條。

感恩此生的所有歷練，順境裡，有上天的恩澤和疼惜。逆境中，有太多的教誨和學習。高低起伏的音符譜就了樂章的迷人，拂逆的來到開啟了我們的智慧，明白幸福的難得和應該珍惜。

如果我們無法清楚這個道理，便不能理解人生的功課。

我的好朋友是個虔誠的基督徒，在他退休以後，有太多不知打哪兒冒出來的親戚朋友開始找他借錢，善良的他居然一筆一筆的借出，全都是肉包子打狗，有去無回。他也很後悔，他說：「我太大意了，應該要做到『凡事禱告』，神必然有所指引。」

他的話，我相信。也力勸他，對別人來借錢，不必立即應允，禱告以後再說。貿然從事，常會由於思慮不周而做了錯誤的決定。

行善是好，但是要有智慧，不應受到蒙蔽。

《圍爐夜話》中說：

偶緣為善受累，遂無意為善，是因噎廢食也；明識有過當規，卻諱言有過，是諱疾忌醫也。

偶然因為做善事而受到連累，從此不再行善，這是怕噎到竟然不肯吃飯的做法。明明知道有過失應當糾正，卻因忌諱而不肯承認，這就如同生病怕人知道而不肯及時就醫一樣。

我們還是肯定做善事的好，只是不願意被有心者所利用。

我這好朋友，即使曾經幾度來回在人生的峰谷之間，他也努力做到了「凡事感恩」，這讓他經常擁有比較平和的心境。

不論我今生會遭遇到什麼，我相信上天必然有其深意，我願意凡事感恩。

平凡裡的快樂

我是一個平凡的人，也常能領會平凡生活裡的諸多快樂。

因為平凡，不會引人矚目，也沒有狗仔隊要跟拍渲染、捕風捉影。我輕易就可以「做自己」，所有的時間由自己任意支配，不會有「人在江湖，身不由己」的感嘆，這讓我的快樂更添了幾分。

我更可以細細品味平凡生活裡的雋永滋味。

我辦公室裡的同事，常慷慨的請我們吃東西，麵包、點心，各式各樣的。奇怪的是，她卻對自己很捨不得，買件衣裳，考慮了半天，縱使人人都說好看，她還是拿去退掉，理由居然是「太貴了」。

我真不懂得她。

媽媽卻說：「如果要樣樣都慷慨，哪裡有那麼多的錢呢？善待了別人，也只有儉省自己。」

我終於明白，她是愛我們這些同事的。

我的好朋友更特別。

我們努力賺錢，可是錢是要用的，用在什麼地方呢？大抵是我們興趣的所在。因為我們喜歡，所以捨得；如果不喜歡，就可能捨不得。

我的好朋友慈悲喜捨。

二十年前，到北投的農禪寺見聖嚴師父，當場送給師父一張支票。面額不小。師父問，「要收據嗎？」

她一口回絕，說：「以免丈夫生煩惱心。」

師父稱讚她有智慧。

告辭出來時，讀國小的兒子問：「媽媽，好像是五十萬。」

她說：「不，是五千。」

「可是，我看好像是五十萬啊。」

她堅決的說：「只有五千。」

她的行善不落人後，或許是深諳「多積善，少積財」的人生哲理。一如我在書上所讀到的：

積善之家，必有餘慶；積不善之家，必有餘殃。
可知積善以遺子孫，其謀甚遠矣。
賢而多財，則損其志；愚昧而多財，則益其過。
可知積財以遺子孫，其害無窮也。

做很多好事的人家，必然留給後世子孫許多的德澤善報；多行不善的人家，則留給後代子孫的是禍害報應。由此可知，行善做好事，為子孫留後福，這才是最久遠的打算。賢能卻又多財，容易讓人不求上進而耽於逸樂；愚昧卻有錢財，反而更容易做出錯事。可知把錢財留給子孫，不論子孫賢愚，都是有害無益的。

真的，不如留德給子孫。而積善，也是優質的家風。

二十年後，好朋友的兒子長大了，最近回台灣工作。平日各有各的忙碌，所以每逢假日，就一起外出用餐。

她跟我說：「每週一次，一個月就要花一萬多，太浪費了。我跟兒子說，以後兩週一次就好。」

我力勸：「美好的回憶，不是錢能買到的。你們一家人能每週相聚吃飯的機會，也未必永遠都有，這點錢不要省。」

「妳真的是這樣想的嗎？」

「是的。」

唉，她每次慷慨捐錢，一出手就幾十萬，上百萬。相形之下，家人餐敘，共享天倫，也很重要。人生無常，和家人一起吃飯的機緣，哪裡可能時時都有？

好朋友，捐錢給別人是好，用在家人相聚上，也是好。請不要老是忽略了自己……

這些都是尋常生活裡發生的事。感謝我周圍相熟的人，以他們自身的故事來教導我。

在畢業走出校門以後，還能如此多得啟發，我很感恩，也很快樂。

心情，很陽光

但願陽光能夠來到我們每個人的心中。
遇到事情，尤其面對困頓的時刻，你是怎麼想的呢？
我以為：正向思考，就是陽光。
一日，我讀書，讀到：

錢能福人，亦能禍人，有錢者不可不知；
藥能生人，亦能殺人，用藥者不可不慎。

錢能造福人，也能帶來禍害，有錢的人一定要明白。藥能救人，也能殺人，用藥的人不能不謹慎。

錢和藥，都像水。水能載舟，也能覆舟。

而我心裡想的是，那麼快樂幸福呢？唯有珍惜，才能留住。不知珍惜，只怕很快就會飛走了。

我有個朋友很不快樂。

其實在我們的眼中，她出身書香世家，父母都在大學教書。她結婚，丈夫也很不錯，工作認真，還勤快做家事，一雙兒女乖巧又有禮貌，不知為什麼她老是不高興？

聽她幾次說話，才知道，她完全看不到自己的幸運。

她抱怨，父親太忙，老是關在房間裡作學問，母親也忙，除了教書以外，四處演講。丈夫缺乏進取心，看來升遷無望，兒女笨笨的，老是都拿不到滿分，成不了模範生。

為什麼要如此苛求呢？又為什麼看不到他們各自的優點？

世上沒有完美的人，有所長，也會有所短。如果老是拿對方的缺點來加以打擊，日久，必然連情分也淡了。倘若凡事從負面出發，越想越沮喪，哪裡活得下去？這樣做，到底有什麼好處？簡直是一種摧毀，而不具有絲毫建設性。

每個人都需要鼓勵。讓它強化自己的優點，願意在好中求取更好，也讓自己更上層樓。

即使是個知名的大作家，早就聲名遠播，然而他依然感謝主編的愛護，出版社的鼓勵，讀者的支持。有個企業家更說，他感謝生命中所有的因緣，善緣讓他扶搖直上，惡緣讓他謙卑自省，更加知道珍惜……我突然明白，是那感恩的心，讓他們功成名就。

所以，鼓勵是陽光，感恩也是。

人人冀求陽光，希望陽光的蒞臨，足以掃除心中的陰霾，此後可以勇敢，可以奮起。更可貴的是，要努力成為別人的陽光。以體貼的心，說關懷的話，做有意義的事。不吝惜付出，有益眾生。

我們的心雖然微小，如果盡力發揮，它也可以是偉大的。

多麼希望讓每個人的心情都很陽光。

我為人人，人人為我。如此，世界才會是和諧美好，宛如桃花源。

希望，永遠都在

讓我們堅定的，懷著希望走在路上，一切皆大有可為。

希望，是熱情的火苗，勇敢前進的動力。一旦喪失希望，前景必然黯淡。

有誰不曾遭逢困難呢？

遇到重重的關卡，又有什麼大不了的？問題在於，有沒有面對的勇氣？肯不肯嘗試著去解決？

逃避，是下下策。

如果我們找不到門，願不願意努力為自己另開一扇門，或者去打開窗？只要有意願，肯走出去，相信一定可以看見外面亮麗的陽光，而陽光必然帶來溫暖。

我向來都作正向思考。

有一次，和朋友在電話裡聊天，他有過一次不快樂的婚姻，離婚後再婚，十分美滿，讓人替他高興。

他跟我說：「太好了，妳的思考都很正面。」

我並不覺得那是優點，「大家不都是這樣的嗎？」

「不，這樣的人並不如妳所想的多。有些人，連開個車要出門，都先悲觀的認定，必然找不到停車位呢。」

我記起《圍爐夜話》中，有這樣的話語：

> 氣性乖張，多是夭亡之子；
> 語言深刻，終為薄福之人。

脾氣怪僻、執拗的人，常惹是生非，多是短命之徒；說話總是過於尖酸刻薄的人，少了豁達厚道，終究是福氣淺薄的人。

寬容，厚道，常往好的方向想，對我們每個人都很重要。

我有個醫生朋友就曾經跟我說起，他每天要開車送女兒上學，路過台大醫學院時，想起女兒的不夠用功，散散漫漫的，多麼讓人擔心和著急，就跟女兒說：「妳一定考不上這裡的啦。」說多了，有一次女兒當場抗議反擊：「老是這麼說，也是會心想事成的。」從此，老爸改口：「這個學校，很不錯的喔。」後來，女兒果真讀了醫學系，也當了台大醫院的醫生。

所以，只要心中有希望，認真以赴，未來也必然大有可為。

無須打擊士氣，更不必懷憂喪志，人生的路上好好走，懷著希望努力前行，一定可以看到燦爛的遠景在招手。

輯四

最初的恩人

遠處有流水的低吟
山迷濛　樹也朦朧
就著一壺馨香
你是我在蒼茫中尋覓的溫暖

最初的恩人

父母是我們最初的恩人。

我常覺得原生家庭重要，因為那是所有教育的開始，影響深遠，當然輕忽不得。

《圍爐夜話》中有這樣的話語：

教小兒宜嚴，嚴氣足以平躁氣；

待小人宜敬，敬心可以化邪心。

教導小孩應該嚴格，不宜縱容護短，嚴正的態度可以抑制他們浮躁的心，使他們能安靜的學習。對待小人最好要尊敬而謹慎，以喚醒他的悔悟，敬慎的心可以化解對方的邪惡。

有一回跟母親聊天。母親說：「選媳婦，先看丈母娘，要不，看小姨子。」著重的，也在家教。家教良好，無論待人接物便不致離了常軌。

我一直喜歡人，雖然個性害羞，卻常仔細觀察。人，其實是最好的風景，生動而有變化，充滿了猜測的趣味。人性的複雜，從不同的角度看，觀感和理解都大異其趣。每個人真的都像是一本書，值得花費心思去細讀和品味。

不管怎樣的人都無法擺脫父母給予的帶領和教誨。不是人人都能幸運的遇到好父母，有些人在痛苦之餘，知道那些有虧職守的父母都屬於反面教材，努力的提醒自己，長大後絕不能以這樣的方式來對待兒女，兒女才能免於自己所受種種的苦。

真正的疼愛兒女，就要好好的加以栽培和教導。人生是這樣的無常，讓兒女及早學會獨立自主，是有必要的。讓兒女能愛人也為人所愛，是珍貴的禮物。

我有個朋友是獨生女，父母年紀已大才有她，寶貝極了，什麼事都捨不得讓她做，毫無訓練，當然也就什麼都不會做了，連一條手帕也沒洗過，更別提其他了。讀高一時，她的母親意外過世，她簡直活不下去，因為沒有生活的能力。當時，她好想自殺，隔了好一段長遠的日子，她才慢慢的學習生活所需的技能，總算從傷痛和哭泣的淚水中走出來了。

一味的寵溺，只怕是害了孩子，哪裡是愛他呢？人生的風雨何其多，有能力就不會恐懼，夠堅強就不會驚慌失措，這些都有賴父母的帶領和鼓勵。

屬於我的今天和往日，其實是大異其趣的。

小時候，我的身體很差，加以父母疼愛，我什麼都不會，也就什麼都不用做，自然有旁人代勞，只是一副很沒有自信的模樣。我循規蹈矩，聽父母師長的話，生活很無趣。長大以後，我才開始努力的學，總算「亡羊補牢」，母親也從旁多有教導，可是比起妹妹，我的能幹仍遠不及她。

我現在相信了，在我們的一生中，要做多少事是一種命定。如果以前不做，現在得加倍的做回來。於是，如今我的日子就像陀螺一樣的忙個不停。

還好，做的都是我喜歡的，也就無所怨悔了。

由於現在比較有自信，比較會處理事情，當然，也感激父母的拉拔和所有朋友的一路情義相挺，我才有今天小小的人生成績。

「吃果子，拜樹頭」，是要我們飲水思源。父母是我們今生初始的恩人，仰仗他們的教誨最多，不論言教或身教，都在潛移默化中，影響了我們一生。

寵溺之惡

只知一味的寵溺兒子，以為那就是愛，卻不知反而害了他。如果是真心的愛孩子，那麼就要為他設身處地的想，如何讓他健康快樂的成長？又如何讓他在競爭激烈的未來能夠脫穎而出？更重要的是：如何使他擁有良好的品德和人際關係，不論遭遇怎樣的困境，都能得道多助、左右逢源？看來，從小就要細心的帶領和栽培，輕忽不得，驕縱不得。

《圍爐夜話》中，有這樣的文字：

縱子孫偷安，其後必至耽酒色而敗門庭；
教子孫謀利，其後必至爭貲財而傷骨肉。

縱容子孫好逸惡勞，到成年時必定流連於聲色犬馬，敗壞門風。專教子孫唯利是圖，子孫勢必為爭奪財產而相互傷害。

所以教兒女吃苦耐勞有必要，懂得仁義道德，也不容輕忽。

我的朋友小雲，家裡只有她跟弟弟兩個孩子，按理說，應該得到很多的關愛和照顧；然而，重男輕女的父母，關心的只是兒子。女兒，可是從來不曾放在眼裡、心裡的。

幸好，小雲從來聰慧，或許她知道力爭上游是自己唯一的出路。她的書讀得好，人也乖巧懂事，老師同學都喜歡她。國小、國中、師專，畢業後她當小學老師，想辦法調到都市的學校，為的是繼續升學。果然，她白天在小學教書，晚上讀夜大，就這樣，上進的她辛辛苦苦拿到了大學的文憑。

弟弟則幾乎相反。從小不愛讀書，父母花了大把銀子請來家教，但心思不在書上，也是枉然。不想讀書的弟弟，一心只想玩，自然有那臭氣相投的友伴極力加以唆使，逃學啦、說謊啦、偷錢啦……越玩，心越野，也越離譜，媽媽還幫著他隱瞞。高二時，爸爸突然車禍過世，媽媽更縱容，弟弟有恃無恐，更加背離了常軌。高中勉強畢業，當然考不上大學，藉口要補習，其實是昏天暗地的玩，後來竟奉子成婚，娶了個小女朋友。小雲認為弟弟還不定性，如何成家，又如何為人夫人父？媽媽卻持不同的看法：「結了婚就是大人了，自然會有定性！」問題是小新娘也仍是個孩子，生了龍鳳胎後，弟弟去當兵，弟媳婦愛玩，兩個幼兒就交給婆婆打理。當完兵的弟弟無一技之長，又吃不了苦，整日遊手好閒，還伸手跟媽媽要錢花用，媽媽忙著照顧孫子孫女，也不清楚兒子媳婦在外的所作所為；直到警察找上門來，才知兒子媳婦都在吸毒販毒，結果鋃鐺入獄。

出獄後，弟弟仍然整日不見人影，對兒女不加聞問，從來未曾負起養家的責任，也不認為那是自己應盡的責任，不到半年又入獄去了。媽媽養著孫子孫女，也很勞累，偏偏他們又不乖，任重道遠，卻看不到盡頭，也看不到希望。

養子不教，只知寵溺，其過大矣，然而咎由自取，又怨得了誰呢？

反哺

反哺是必須，也是身為兒女的義務；尤其在我們進入中年，而父母年歲已大，健康大不如前，也開始需要我們的照料了。

當我們年幼時，父母如何辛苦的拉拔我們長大，教之，養之，我們方得有今日。那麼，如今當父母逐漸衰老，我們回頭照顧父母，也是天經地義的事。

我常想找一本《老人心理學》來讀，到底老年人說話的背後，心裡想的是什麼呢？我也很想找一些有關「中年兒女如何跟老年父母相處」的書來看看，多一分了解，少一分誤會，對彼此都是好的。

人與人的相處，有時也是一種藝術，甚至是哲學。因為人有百百種，不盡相同，彼此的想法也可能南轅北轍。

《圍爐夜話》中說：

性情執拗之人，不可與謀事也；
機趣流通之士，始可與言文也。

性情很固執而又偏激的人，往往無法跟他一起合作。只有天性趣味活潑的人，才可以跟他談論文學之道。

個性好，容易相處，其實是占了很大的優勢，更是一種福。

朋友的父親去世，獨留母親一人，這些年來母親日漸老邁，也有輕微失智。怎麼辦呢？便由兒女們輪流照料，每個人一個月。

朋友是家中的長女，在我面前，常有抱怨，總是說：「弟弟妹妹不盡責，常買個便當，打發了事。」這年頭人人都忙，也可能是心勞力絀，晨昏定省，承歡膝下，對他們來說，也許沒有力氣做得更周到些。

「或許，」我說：「大家開個家庭會議，把事情說清楚講明白。要不，妳是老大，就一個人扛起照顧老媽媽的責任吧。」

伸出我們的手指頭，還都各有短長。兒女不只一個，卻也各有負擔，要每個人都做一樣的付出，也許是強人所難了。兒女的反哺盡孝，各憑良心，外人也無法加以置喙。

我另外有個鄰居，丈夫是獨子，有個小姑。婆婆早逝，當然照顧公公，責無旁貸。早些年，公公康健，可以自己住，也圖個清靜自在，晚輩沒有反對的理由，便也尊重公公的決定。後來公公年歲漸大，不宜獨居，就接過來同住，起居也有個照應。

再過了好些年，公公的身體日差，要看醫生，拿藥，甚至住院，兒子媳婦孝順，沒有二話。直到公公失智，甚且有暴力出現，照顧益發困難。那年代尚無外傭可代勞，四處訪察安養院，審慎擇了一處，送公公前往。

小姑知道後大怒，大聲指責兄嫂不孝，於是嗆言接回，自己要親自照顧，然而僅只停留一天，次日立即火速送回，終於明白照顧確實困難重重，從此緘默無言。

所以，不要輕易怒罵別人，或許對方真有難為之處。

彼此體諒，共謀良方，或許才是上策，也對老人家真正有益。

老年人多半孤單，即使衣食無虞，也希望有人陪伴著說話。兒女們若有空，宜常前往探視，閒話家常，也是樂事。不要以為父母永遠健康不老，無須急於一時，卻不知人生無常，轉眼成空。

朋友還有老媽媽，實在要多加珍惜，到底不是人人都有這樣的福氣。

一壺馨香

大家一塊兒喝茶，那個下午我們家族聚會。

旅居美國的妹妹回台探親，她的兒子也從加州飛來，於是我們因此相會。即使春寒料峭，也無損於彼此會面的歡喜。

當我們向著黃昏逐步靠攏時，下一代的年輕人已經陸續進入職場，要大顯身手了，有的是醫生，有的是工程師，有的是跨國行銷，至於年幼的龍鳳胎，還在小學讀書。

父母當年避居台島，兩個年輕人一無依傍，胼手胝足，靠自己的努力建立了家園。歲月悠悠，如今兒孫早已滿堂，各個有成，爸媽應該是安慰的，可惜劬勞一生的他們，已在天上。

料峭春寒的季節，天氣並不穩定，雨下下停停，幸好我們訂到一個包廂，大家可以齊聚一堂，說未來，談往事。想當初，我們在拮据的物質環境裡一起慢慢的長大，買不起課外讀物，就到圖書館去借閱，也可以因此讀了一本又一本的世界文學名著。書，一直都在我們的生活之中，閱讀，成了我們共同的興趣。一生中有書相伴，我們是快樂而幸福的。縱使人生有風雨，好書給予的智慧和安慰，讓我們安然走過所有的困頓。

父母俯看著紅塵的兒女，如此和樂，如此相親，一定也可以放下原本懸念的心吧。兒女會彼此扶持，共同面對困厄，是不勞他們記掛的。希望他們會因此寬心，肯定自己給予的教育是成功的。

《圍爐夜話》裡說：

士必以詩書為性命，
人須從孝悌立根基。

讀書人必須以詩書作為安身立命的根本。人要重視孝悌，那是家國的根基所在。不愛讀書，不守孝悌，只怕未來違法亂紀就視為尋常了。多麼讓人擔心。

好的父母給予完善的教導，無論待人接物，造就了文質彬彬的好兒女，個性好，容易和人相處，長大以後，也必然得道多助，左右逢源，當然人生就顯得平順多了。

可是，我也看到了不同的例子。

太多光怪陸離的社會現象，追究起來，很多來自問題家庭。當家庭教育失敗，將引發兒女價值觀的扭曲，不能適應社會，問題很多，甚至是生命的崩盤和社會的受害。

兒女不能太寵，要栽培他的能力，寧可先苦後甜。太過寵溺的兒女，就怕失了分寸，將來好逸惡勞，甚至作姦犯科，危及他人。

我常不忍心見已經上了年紀的父母，在鏡頭前，因自家兒女犯下大錯，對社會大眾鞠躬道歉說：「對不起！」真是情何以堪。不知那兒女做如何想，或許早已冷血。

「千錯萬錯，都是別人的錯。千對萬對，都是自己的對。」如果自我檢討的結果是這樣，我們還能要求他人品端正嗎？也難怪社會亂象層出不窮，人心徬徨無依。

家庭教育是所有教育的開始。教養，教養，教的重要從來是在養之前，請慎重其事。

為此，我們手足有多麼感謝當年父母的疼愛和帶領，我們今天能堂堂正正的做事做人，是由於父母的認真教誨。

喝茶，在一壺馨香裡，我們吃著各種點心，歡樂的時光容易過，大家揮手道別，希望很快的又能相聚，再一起把臂言歡。

行在智慧中

有誰能行在智慧中呢？聖賢嗎？

可是，平凡的我們又該怎麼辦呢？我們真的此生都和智慧無緣嗎？有什麼可以改進的法子？

我的母親是個有智慧的人，大家都這麼說。

我周圍的朋友常會問我：「妳的母親是怎麼把你們都教得這麼好？」的確我們有手足五人，雖談不上各個頭角崢嶸，但都能擁有很好的人緣，快樂的生活，彼此相互扶持，不曾辜負父母的疼愛和教誨。

可是，這話不是應該去問我母親的嗎？怎奈母親已在天上。

她愛她的五個兒女，都一樣的愛，而且盡最大的努力做到公平。

她教誨我們，一如書上所說的：

處事要代人作想，
讀書須切己用功。

處理事情時，要多替別人著想，別因自己一時之便而造成了別人的為難。讀書求知卻要靠自己切實用功，因為學問是自己的，別人無法代讀。

做人要寬厚，多替他人著想。至於讀書，旁人無法幫忙，唯有自己認真把書讀好，才能談自我實現和服務社會。

務實、努力和體貼，她是這樣的人。

她很早就把書帶進生活中，引領我們閱讀，也努力讓我們明白：「世界上有比名利更值得追求的目標，例如幸福、快樂。」

她善良、悲憫、與人為善，從來言行一致，提供了良好的身教。

仔細追究起來，一切都來自她的智慧。

喜歡閱讀的母親，一直都保持著求知的精神，這讓她「活到老，學到老」。生命裡，既然有著源頭活水，當然也就洋溢著盎然的生趣，源源不絕。

有一次，在閒談裡，母親和我談到了生命的意義。到底，人活著，是為了什麼呢？

如果只為個人的榮華富貴，只為一己的飛黃騰達，不也顯得格局太小了嗎？

難道你不曾對這個世界有過盼望？難道你對自己毫無期許？

母親認為，「只關注在一己的得失，其實必然和快樂失之交臂，所以，自私的人是不快樂的。」

唯有真心期待，我們的世界是有愛、有希望的。每個人都有責任讓這個世界變得更好、更溫暖，也更和諧。如果冀望美夢成真，也唯有每個人都願意付出自己的努力，不只自己過得精采，也讓整個世界更加的繽紛美麗。

付出，是一種精神，也是一種能力。

能不為己，而為他人，多麼值得我們學習。

母親堅持：生命的價值，從來就在服務。她也身體力行，不做任何的誇誇其談。即使是在經濟困窘之時，她仍然願意盡力伸出援手，去幫助更多不幸的人。

今天看來，她的兒孫個個好，我以為，上天已經給了她最好的回報了。

輯五

看雲的來去

看雲的變幻莫測
繾綣且多情
遠去歲月的足音清晰如昨
且讓我們傾聽幸福

記起

蚌，如果沒有經由痛苦的孕育，是成就不了美麗的珍珠。

在我們的一生裡，要歷經多少失意的打擊，挫折的憂傷，種種撞擊和撕裂的痛，才成就了我們圓熟的智慧。「世事洞明，人情練達」，其中有多少學問，又哪裡是輕易可得的呢？

小時候，我很怕遇到困難，因為我不會，只會哭。淚眼婆娑裡，總有人快快的伸出了援手，甚至攬過去代勞。於是，我真的就只會哭，什麼都不會了。

很久以後，我才知道，遇見困難，其實是人生的常態。每一個有待解決的難題，都會給你一些回報，例如，培養了能力、增加了信心，更加的篤定和從容，將來就算泰山崩於頂，也能面不改色。

我也終於明白，勇敢面對的必須，世上沒有過不了的難關，也沒有走不過的絕境，也讓我深深的了悟：苦難，都是化了裝的祝福。

當我們驚歎珍珠的美麗時，也請記得曾經有過孕育的痛苦。

我記起多年前的那個男孩，他是好朋友的親戚。

在很小的時候，他生病，然後不良於行。不知長大以後，他的人生之路走得如何，還順遂嗎？

他家境好，是開銀樓的。

好朋友說：「後來他讀了大學，是新聞系，夢想當記者。」

「可是，他的身體是一種限制。記者的工作辛苦勞累，搶新聞，面對各種天災人禍，都要站在第一線上，這般的勞累，甚至不眠不休，他恐怕會受不了。應該考慮走其他的路，例如內勤，坐編輯桌，或投身出版界……」

「結果，他的父親意外過世，他一直沒有外出工作。銀樓常有歹徒覬覦，也需要有個男子坐鎮。他既然是小開，也結婚生子。後來被朋友帶去賭錢，越陷越深，無法自拔。最後，敗光了所有的家產，家人也很不諒解。」

「怎麼會這樣呢？他太不上進了。沒有走上正途，奉獻所學，真是太可惜了。」

我想到《圍爐夜話》中的一段文字：

財不患其不得，患財得，而不能善用其財；
祿不患其不來，患祿來，而不能無愧其祿。

不必憂慮得不到錢財，只怕得到錢財後不能好好的運用；官祿、福分不要擔憂它不降臨，而要擔憂是否得之無愧。

錢財的運用要慎重，否則恐成禍害。官祿和福分也和錢財一樣，都宜小心。

唉，到底是他太不夠勇敢？還是家境太好，養尊處優，最後竟然自甘墮落呢？

一個好青年就此沉淪，多麼讓人扼腕嘆息啊。

歡喜就多了

我們的不快樂，常常是囿於個人的成見。堅持己見，讓我們看不到別人的好，只覺得處處窒礙，難如人意。

我們要尊重別人想法的不同，彼此相安，世界才會更為繽紛美麗。

理論和實務，畢竟不同，兩者會有落差，卻各有優點，其實是不宜偏廢的。

有一次，在一個特殊的機緣裡，我和一位企業家聊天。也算是相談甚歡，或許是因為行業有別，彼此都好奇。有趣的是，他多談實務經驗，那是他累積的工作心得；我則因愛看書，說的幾乎全是理論。

我明白，如果要著手去做，對方的經驗就變得極為珍貴。我聽他說，也很快的找到了理論的依據，這讓我對他的說法不致茫無頭緒。說不定，對方還以為我是可造之材呢。

久遠以前，有人打電話給我，原來是一家建設公司，主其事者無意間讀了我的書，覺得頗有文采，於是力邀我去幫他們寫文案。我覺得有趣，卻沒有應允。原因是教書、寫書，已經耗費了我所有的力氣，不敢應承，也的確是由於力有不逮。

愛讀書，原來也是有許多好處的。閱讀，豐富了生命，也為日子增添了繽紛的顏彩。其實，我們的個人經驗都很有限。如果沒有書為我們開啟另外一個美麗寬闊的世界，我們就不能免於褊狹和鄙陋。我們多麼容易以一己的立場來看待萬事萬物，有時候會失之偏頗。因為我們常不能完全理解別人的言行，尤其是在生活形態差異過大時。

所以包容，就顯得很重要。

人的生命，其實是短暫的。榮華富貴都如浮雲，唯有追求學問，讓生命更有意義。

就像書上說的：

天地無窮期，生命則有窮期，去一日便少一日；
富貴有定數，學問則無定數，求一分便得一分。

天長地久沒有窮盡，而人的生命卻極為有限，過一天就少了一天。人生的榮華富貴是命中注定，學問卻操之在我，多學一分便多增長一分。

富貴無常，得失難料，但追求學識，只要肯下功夫，必然有所收穫。細想來，我們讀書，不宜帶著成見。待人處事，也是這樣。要虛懷若谷，眼中不應有一點點灰塵，明亮的眼才能看得透徹，看得精準。一旦見識多了，更能明白「人外有人，天外有天」，沒有誰會是高人一等的。當我們能更親和圓融的與人相處，我們才真正活用了書本上的知識。智慧，讓我們看淡了所有的不如意，我們怡然自得。想到「一枝草，一點露」，上天有好生之德，所有的生物，都有如花園中隨風款擺的花草樹木，陽光雨露均霑，沒有偏廢，只有祝福，多麼讓人讚歎。

願意尊重別人，曲意能容，那麼，人世間的這一遭，煩惱少了，歡喜也就跟著多了。充滿了歡喜的人生，有誰會不愛呢？

最後的笑

誰能最後的笑，才真正擁抱了勝利。

在文壇上，有多少人很怕輸在起跑點，他們也的確努力，孜孜矻矻，成績也因此受到大家的矚目。奇怪的是，幾年或十幾年後，這些曾經閃亮的名字卻都不見了蹤影，發生了什麼事呢？是創作艱難，無以為繼？是另有生涯規畫，因而放棄了寫作的初衷？

這種情形在大環境很糟時，尤其明顯。當文學式微，沒有發表的園地，難有出書的機會，逐漸放下手中的筆的，不只是文壇新人，還包括老將，是有一點灰心了？還是健康的日走下坡，多少有些力不從心？

有人跟我說：「起點固然不可忽視，終點更加重要。」也許，他的意思是，只有長久的堅持，才是真正可貴的吧。

有一天，我讀到作家李維菁談「創造的勇氣」，她說她起步很晚，多麼羨慕那些很早就確定要走寫作路途的人。

其實，寫作是屬於個人的，私密的，在孤單中獨力完成，所以文字風格才能因此確立。風格，是作家的面貌，無可替代。

至於起步的早跟晚，也不是那麼值得在意，問題還在於作品是否有價值。如果寫不好，早寫也一無用處。難道早寫早練習，很快就會寫出傑出的作品嗎？我可沒有那麼樂觀呢。

寫作的殘酷，其實是在這裡，關乎才情和努力。沒有才情，不能走這條路；不夠努力，則無法堅持，很快就會被淘汰出局了。

李維菁的小說，其實早已受到大家的看重了，那麼，還有什麼憾恨呢？更重要的，還在於勤寫不懈，能堅持到最後，所有的掌聲和榮耀都會降臨，這才是最了不起的所在。

我曾在《圍爐夜話》中，讀過一句話，心中頗有感觸：

文章是山水化境，
富貴乃煙雲幻形。

美好的文章是不朽的山水，能流傳千古。世俗的富貴只是過眼雲煙，如夢幻泡影。因為文章是精神的食糧，是生命的源頭活水，也是心靈的伴侶，因此會有更高的期待，至於世間的榮華富貴，哪能長長久久，終究只是夢幻一場。

祝福每個對寫作有興趣的人，都能不因阻礙而廢棄初志，堅忍以圖成，當你能最後的笑，也才真正擁抱了全面的勝利。

看雲的來去

大自然常有無言之教，你領會了嗎？

小時候，每天上學或放學時，常一邊走一邊往天上瞧，看什麼呢？就看白雲的變幻莫測。藍天是布景，白雲是魔術師的手，一會兒動物，一會兒植物，總讓我驚嘆連連。有時候，陰天甚至下雨，就什麼「表演」也沒有了，只好一邊走一邊唉聲嘆氣，路好像變長了，都走不到終點似的。

那時候的鄉下，車子不多，家離學校也只隔著一個大操場，人心純樸，爸媽也不太管我們，那年頭沒有才藝班，如果有，大概也交不起學費吧。我們都在大自然裡玩，沒有什麼局限，這讓我們長大以後，心思比較靈活，更富有創意。

有伴的時候，當然四處去玩，沒有伴的時候，就在家看書，或者看天空的雲朵變魔術，那些魔術不會久遠，充滿了魔幻，一會兒這樣，一會兒那樣。會不會快樂和憂傷也是如此呢？一切都會成為過去？

後來，我們搬離了鄉下，讀書、工作，我們都長大了。

有一次，我的朋友說了一個故事給我聽。

有一個人因為無意間聽來的一句話：「一切都會成為過去」，經由不斷的反覆思考，久了，竟然成為當地的一位智者。他深切的了解，生命的無常，所有的幸與不幸，笑聲和眼淚，其實都如同過眼雲煙，一切都會成為過去。所以得意時不必歡喜，失意時也無須沮喪。一個人能洞徹得失，還有什麼放不下的呢？明白了這個道理，他以悲憫的心，為人排解糾紛，在在令人信服，成為地方上非常受到敬重的人。

的確，在我們經歷過一些人世的離合悲歡之後，榮華富貴終成空，萬般帶不走，那麼，還有什麼值得在意的呢？還不如時時與人為善，知足常樂，就是好。

《圍爐夜話》中，有如此的話語：

富貴易生禍端，必忠厚謙恭，才無大患；

衣祿原有定數，必節儉簡省，乃可久延。

富貴榮華容易招來禍害，一定要忠誠厚道、謙讓恭敬的待人，才能沒有大災難。一生的衣食福祿原有定數，一定要節用儉省，才能使福祿更長久延續。

富貴福祿人人覬覦，卻也易生禍端，唯有時時謹記忠厚謙恭、謹慎勤勉，或許才能免去禍害，長長久久。每思及此，能不心生警惕嗎？

或許，富貴榮華也一如人間風雲。

我在忙碌的工作之餘，偶爾抬起頭來，望向天際，看白雲的自在舒卷。真希望自己也是一朵雲，跟著風四處去流浪，處處無家，處處也是家。

話說得輕易，心中還是有許多牽牽絆絆。或許，凡人自有煩惱，每個人都有自己必須學習的功課。

有空的時候，仍然喜歡仰頭望雲，看雲在天上的來來去去。世間的歡喜是難得的福分，真該珍惜。而所有的不如意，也總會過去的，就不要放在心上了。

雲也是老師，教給了我人生的道理。

即使是一朵雲打從我的窗前走過，只要我們能懷抱著謙卑的心，那麼，何處不能學習？何時不能學習？

讓學習和我們的生命相始終，在日積月累之後，終究能成為一個豐厚的人。

校園裡的欖仁樹

校園裡，有一棵欖仁樹。

隨著季節的腳步，欖仁樹的葉子開始轉成紅色，紅豔豔的，像一把燃燒的火。年年冬天，當風吹過，它的葉子開始飄落，嘩啦啦的，像溜滑梯一樣，紛紛從樹上滑了下來，爭先恐後似的，居然落了個精光。我看著它，不著一葉，光禿禿的樹，竟然頗有幾分詩情畫意，我覺得，另有一種美。

等到它開始抽出新葉，我便知道春天來了。小小的葉子，逐漸變大，變得青碧起來。欖仁樹，就像一把巨大的傘，樹形優雅而美，是我喜歡的樹。

每一年，我就這樣看著它，那葉子由碧綠而火紅，脫落又再生。我心裡嘆氣，真是忙碌的樹啊。年年如此，累也不累！說不定，它是樂此而不疲呢。我們不是樹，如何能加以置喙？

只是這棵欖仁樹，讓我敬畏。如此勤快，如此努力。它必然有屬於自己的生命，說不定還富有喜怒哀樂的表情。

欖仁樹就長在校園裡，學生們都很喜歡，我常看見他們在樹下追逐跑跳，開心得不得了。學生們總會因畢業而離去，但是有什麼關係呢？新的學生又會進入校園裡。校園的氛圍和諧美好，其實是重要的。

我記得我們讀台南女中高二時，老師就對高一的新生頗有微詞，認為應該要好好教一教。畢竟那是個校風很好的女校，很快的，就在薰陶之下，高一的學妹們也都成了「氣質美女」了。

所以優質的校園環境和良師益友都一樣重要。校園裡有美麗的花樹，也是學習的好所在。

前些時候，有個畢業多年的學生來看我，我其實不記得她了。

她跟我提起一件久遠的往事。

那年父親過世，母親要她休學，母親認為：「家裡沒有錢，女孩子也不必讀那麼多書。」那時她讀國三。

她說：「就在這個時候，老師介紹我到教務處工讀，錢雖然不多，可是在我看來已是生命裡的甘泉，因此得以免於休學。畢業以後，讀了商職，半工半讀，也完成了學業，可以找個比較好的工作，以薪資所得來幫助家裡。後來結婚，也婚姻美滿。」

我似乎有點記起來了，我說：「這算什麼幫忙？太微不足道了。那是因為妳乖，肯吃苦，才會有今天。」

記憶裡，她是努力的，勤快的，就像校園裡那棵優雅的欖仁樹。

《圍爐夜話》一書裡，有這樣的文字：

貧無可奈惟求儉，
拙亦何妨只要勤。

貧困得一籌莫展時，但求節儉，總是可以改變現況的。笨拙又何妨，只要肯勤奮學習，就能迎頭趕上。

儉以濟貧，勤能補拙，這都是先人的智慧之語，對我們，是深具啟發的。

歲月悠悠，在長遠的別離之後，我們還能相逢，知道她早已長大了，如今過得很好，真是令人歡喜。

欖仁樹，仍然站在我教書的校園裡，春去秋來，它們也有許多故事要說給我們聽吧。透過風來傳送，請仔細聆聽，它說了什麼呢？

傾聽幸福的憂傷

為什麼幸福裡也會有憂傷？是不知珍惜的緣故嗎？

她要結婚時，父母是有意見的，那男子的學歷不如她，除此之外，其實也沒有什麼好挑剔的，因為兩家是鄰居，雙方的父母都相熟。

她就這樣風風光光的出嫁了。

丈夫的生意做得不錯，她也就不必起早趕晚外出工作，每次她看到姊姊忙得像個陀螺，整天轉個不停，裡外一把抓，怎一個「辛苦」了得！姊姊嫁給了她的同事，沒有什麼不好，只是「上班族」的所得不豐。縱使每個月擁有兩份薪水，也過得遠不如她的寬裕。

她很滿意自己的「好命」，大學一畢業就結婚，從此過著少奶奶的生活。即使生了兒子，她依然愛玩，她根本就是「貴婦團」的團員。

貴婦團？做什麼的？

當然，顧名思義就是貴婦組成的團體。所謂的貴婦都是有錢有閒，有的聚在一起逛街、買頂級珠寶、名牌包和服飾，或一同喝下午茶；有的護持宗教團體或到醫院做義工；也有的去參加讀書會、學畫畫……

也有人喜歡文藝，或寫字或畫幾筆，她們的財力雄厚，也唯有她們才買得起老師昂貴的畫和書法作品。

她的朋友裡，還有一個更讓人羨慕的。出身尊貴，是食品界知名品牌的千金，書讀得不錯，國立大學畢業，嫁了一個大學教授。千金之軀不宜操勞家事，請佣人來做，付費就是。金錢從來不是問題，娘家爸爸一給就是數千萬，她每天只逛精品店，打扮得美美的。

想來自己娘家姊姊完全不能過這樣的生活。呵呵，太窮了，為了衣食得四處奔波，也因為太忙了，不知享受為何物。

如今，景氣低迷，貴婦團也不能說毫無貢獻，以她們出手的大方，就足以刺激買氣，活絡經濟呢。

原來，拚經濟，也得靠她們！

她也很能自得其樂，總有一群朋友約著去購物，骨董或首飾。她也很忙哩，只要趕著在丈夫下班以前到家就好了。

兒子上大學了，大學畢業了。她依然過著逍遙的歲月。

有一天丈夫突然問她，房子的貸款早就還完了吧？

她說：「沒有。你又沒有說要還！」

丈夫氣極了，說：「每個月給妳那麼多錢，居然二十年了，連房貸都沒還？」

丈夫收回了家中的經濟大權，每個月只給她三萬塊家用。

才三萬？她簡直不知如何用？出門也不敢搭計程車了，公車又慢，下車後還得走路，她簡直要怨怪自己的「歹命」了。

她還是有辦法的。開始上網賣自己的骨董或小飾物，價錢還不錯，小賺一些。平日開始讀一點點書。

《圍爐夜話》裡說：

人雖無艱難之時，卻不可忘艱難之境；

世雖有僥倖之事，斷不可存僥倖之心。

人要居安思危，即使身處富貴或順境之中，也不要忘了曾經歷過的艱難困苦；世間雖有一些僥倖的事，但那只是偶然，千萬不可存有僥倖的心。

智慧之語，果真讓人受益。

「人無遠慮，必有近憂。」她覺得，自己真該好好思量，對人生，對家人，對未來。

再看看姊姊，也許她才是對的。她常說：「如果一個人活著，只全然為了自己，對社會沒有任何的奉獻，即使再錦衣玉食，也依然有所缺憾。」或許也應該跟姊姊一樣有空時去當義工，服務他人，樂於分享，這樣的生命或許更有意義也更圓滿吧。

人人都說姊姊賢慧，或許也是看在她既勤奮又節儉的美德上。

姊姊的確是知福惜福，勤儉持家，難怪大家稱讚，如今經濟環境也好多了。

想起丈夫已經氣得好一陣子不跟她說話了。她自知理虧，也不敢再大聲嚷嚷。她一直以為自己是幸福的，就在自己的長期輕忽下，她居然聽到了憂傷的聲音逐漸清晰的傳來。

如果她痛改前非，相信一切都還來得及。誰沒有犯過錯呢？能真正了悟悔改，依舊可以見到亮麗的明天。

輯 六

悠活像首詩

滿山綠意
攔不住的櫻紅點點
花間樹叢
都垂掛著愛的音符

清晨的散步

最近常在清晨時外出散步，時間大約是五點。閒閒的走著，安步當車，另有一種優閒的意趣。我想起《圍爐夜話》中所說：

求備之心，可用之以修身，不可用之以接物。知足之心，可用之以處境，不可用之以讀書。

追求完美的心，可以用在修身養性上，不可以用在待人接物上。容易滿足的心，可以用在對環境的適應上，卻不可以用在讀書求知上。

因為修身但求完善，求知則無可止盡，至於物欲，都應該減到最低……

清晨時，多半的人仍高臥未起，或者剛起來，正睡眼迷濛，忙著梳洗。我已經在外頭閒閒的走著，天色微亮，人車都少，或許因為這是住宅區。偶爾有學生走過，是準備上學吧，送報的人向著訂戶的信箱塞妥報紙，有人在遛狗，早餐店才剛打開店門，就要做生意了……

路過便利商店，有人買報紙，有人吃早點，有人影印資料，有人買麵包飲料，有人來拿網上預購的物品，有人交水電費。一早就有生意上門，提供的服務形形色色，原來，早起的人還真不少。

接近六點的時候，人和車就逐漸會有明顯的增加。因為拉開了工作的序幕，有人上班，有人上學，各就各位，一天的生活就此展開。

這是一個充滿了活力的城市，洋溢著朝氣，人人看來生龍活虎，是一個充滿了希望的所在。

我的朋友曾經到中南美洲去教華語，回台灣以後，他跟我說：「台灣很棒，大家一起努力的感覺很好，不像在國外，有些地方，處處都是無所事事的人，覺得暮氣沉沉的。」

出國，有過短暫的居留，常會帶給我們許多不同的省思。隔著距離看台灣，更能看出它種種的好。平日我們也抱怨，這不好那不好，這很糟那很糟，也或許是「愛深責切」，我們看不到它的優點，只是當我們有機會隔著距離再思索時，內心終於承認「台灣是寶島」。

清潔隊員已經將街道巷弄都打掃乾淨，給了我們整潔的市容。車子多起來了，公車從身旁駛過，機車和小轎車也相繼行駛過去，捷運車站進出的人更多，這是一個活絡的都會，每個人都忙。

太陽已經升起，我向著住家的所在走去。對門的陳先生站在家門口張望，再隔一會兒他就要送小孫子上學去了。只見別戶人家有人走出來，發動機車，要去上班了。

我的散步也到了尾聲，檢查信箱，上樓，回到家，我也要認真的開始一天的生活主題了，讀書、寫字，查資料，處理待辦事務……日子也沒閒著。

早起，讓人神清氣爽。清晨的散步，讓一切有著美麗的開端，我很喜歡。

一扇心靈的窗

一間屋宇如果沒有門，無法進出，根本就不能居住。如果沒有窗，也會覺得有如牢籠，難以呼吸，恐怕不會心生歡喜。

閱讀，為我的心靈開了一扇窗，讓我看到了更多風景之美，驚喜交集，從而有了思考，擁有比較深刻的人生。

如果不是愛閱讀，我也可能是膚淺的，也一樣會喜歡追逐外表的打扮，人云亦云。如果我的心靈之窗不曾開啟，那麼，我就可能不自覺的陷落在吃喝玩樂之中。雖然說，那也沒有什麼不好，只是對我而言，不夠具有意義和價值。

感謝母親的帶領。我從來不知道，當山河變色之前，母親隻身來台和未婚夫結為連理，一切看來似乎順理成章，可是旋即大陸失守，母親頓失所依。貧困的日子食指浩繁，她如何站在粗糙的現實瓦礫中，仍然可以活得自在安樂呢？長大以後，我才明白是文學給了她力量，她以富足的心靈來對抗現實的風雨。

喜愛文學的母親，很早就帶領著我走向閱讀，書，替代了我童年的玩具，其實是更為引人入勝的。當我著迷於書中的世界，迷離而繽紛，那是更為寬廣而有趣，充滿了想像，讓我的心靈跟著飛翔。

原來，文字是有魔力的，從此，我更加的沉靜不愛說話。何須叨叨念念呢？不如讓我躲進文字的國度裡，走在桃花源中，令人魅惑。母親由著我，或許這些，也都曾是她所走過且熟悉的歷程吧。

書上說：

何謂享福之人，能讀書者便是；
何謂創家之人，能教子者便是。

誰是能享清福的人，能在讀書中領會精神富足的人就是。誰是善於建立家庭的人，那些教子有方的人就是。

閱讀好書，神奇的為我們打開了心靈的一扇窗，享有精神上真正的豐美和愉悅，那就是幸福。

後來，我讀書，也寫書。日子變得更加的豐富和忙碌。

有一天，我一如往日到書店去買些禮物，好作為送給學生們課業進步的獎品。和我相熟的老闆娘，在閒談裡跟我說：「我總是覺得妳是有智慧的，即使遇到不順遂，也能很平安的度過難關。」

我說：「我可沒有這麼有把握呢。我熟讀理論，可是實際演練，恐怕是大不同！」

她卻說：「我覺得妳可以。」

很多年以後，我早已搬離了白河小鎮。我的人生終於面臨了或大或小的風暴，每次，我常以為自己恐怕是支撐不了，奇怪的是依舊得以堅持下去。我明白，多年的閱讀終於顯現了它的成效，我沉著，所有的思考都正向，這讓我更快的擺脫了不幸的陰影，我看到了陽光的蒞臨並感知它的溫暖。

閱讀讓我親近文學，而文學足以令我安身立命。有智慧的母親早已洞悉這些，而及早做了最好的安排，她努力把文學帶進了我的生命裡，真正影響了我的一生。即使在她辭世以後，她是可以放下心中牽掛的。

閱讀，打開了我的心靈之窗。文學，是我心靈最美的花朵。閱讀文學，讓我行走在智慧和愛中，日子如此豐盈而美好，讓人感恩。

人情之美

那時候，台灣才開放觀光旅遊的簽證，有好些年，出國旅遊蔚為風尚。教書是有寒暑假的，因此，我也跟著出國玩了幾趟。

有一年，我才剛從尼泊爾自助旅行回來，碰巧接到好朋友的電話。

他問我：「好玩嗎？」

「很好啊，我們遇到了羅桑喇嘛，他還請我們吃飯。遇到了賣東西的小販，買了不少包包和圍巾，他們都是十多歲的青少年，沒有上學，連工作的機會都不多……」

尼泊爾的貧富懸殊很大，富者有轎車別墅，貧者甚至衣不蔽體。

《圍爐夜話》中，有這樣一段發人深省的文字：

天下無憨人，豈可妄行欺詐；

世上皆苦人，何能獨享安閒。

天下沒有真正愚笨的人，哪裡可以任意去欺侮詐騙他人。世上受苦的人何其多，哪裡忍心獨自安享閒適的生活。

這句話應給他們的執政者和高官來讀，能不慚愧嗎？

好朋友頻頻的追問：「風景好嗎？妳都沒有說。」

「好啊！」

那時尼泊爾的工業不發達，污染尚未入侵，依舊保有山明水秀的怡人。可是，為什麼我老是說人呢？還一說無法休止？

原來，我固然喜歡好山好水，我更喜歡的，卻是好人情。

如果沒有好人情，山水不過是過眼的景物，哪能深入心中？如果沒有好人情，花木也不過是尋常背景，哪能念念不忘呢？

我是喜歡人的，人，生動有趣，會說話有表情，人間的關懷尤其溫暖，讓寒涼不再，塵世也才令人眷戀。

所以，我每次出國去玩，關心的，不是目的地風景的美麗，而是我和誰去？我以為，對我來說，遊伴才主導了旅遊的成功與否。

我也幾乎是跟相熟的朋友一起去。熟人因為不陌生，另有一種默契，包容也更大。旅遊途中，相互照顧，彼此提醒，讓整個旅程更為平安快樂。

我有些朋友反而是在旅行途中結交到很不錯的朋友，在旅遊結束之後，還常相約見面喝茶，甚至再一起結伴出國去玩。由於性情相近，興趣也投合，她們原本各有生活的圈子，卻因為旅遊的媒介，而歡喜相會。

這是我看過非常讓人羨慕的例子。

我多半和家人、朋友出遊，盡興而歸，結局也圓滿。

我或許應該試著在旅遊途中也去結交一些新朋友。旅遊的心情，本來就輕鬆，遠離了工作和人際的壓力，何況萍水相逢，雙方客氣以待，讓旅遊更增添一些歡喜。

旅遊，也像讀書，讀一本無字的大書，卻更為有趣。我們讀沿途的山水風光，也讀世間人情的美好，真是平生快意事，不是嗎？

各有因緣

好朋友的文筆好而且快捷，足令我們羨慕。

他曾經陷入財務的危機，有好幾年，忙著賺錢還債，幸好那個時候，社會的景況還不錯，加以仍在精壯之年，體力夠，承受得起日夜辛勞，很快的，也就還清了。

於是，我老是勸他，該重新拾起筆來，好好的寫。

他先說需要休息，後來，退休了，都過了好些年，根本不寫。

有一次他跟我說：「其實，我現在已經提不起勁來寫作了。」我覺得放下那樣的好筆，有多麼的可惜。

或許，寫作也有因緣吧，因緣一失，便難以追回了。

有一次，朋友們見面聚餐，他拿來他寫的書法和我們一起分享。那根本不可能是初學乍練的習作，線條頗為老練。只是，有些地方，鋒芒太露，稍欠蘊藉之美。

「我認為，你以前應該寫過的。」

他說：「年輕時候，曾經習寫多年。」

我就說嘛，書法，是一門藝術，絕不是拿起筆來就能寫得好的，背後，都須經過長期的練習，哪是輕易的事？

書法，也可以是一種創作。如今，「創意書法」逐漸萌發，也是另一條可以發展的途徑。我們欣見書法的推廣有了多重管道，不論傳統或創新，只要讓下一代樂意親近，就會注入泉源，有了更為活潑的生命，那麼，書法藝術才有源遠流長、發揚光大的一天。

很高興好朋友願意寫書法，日有進境，也是讓人開心的事。

記得《圍爐夜話》裡的一段話：

有才必韜藏，如渾金璞玉，闇然而日章也；

為學無間斷，如流水行雲，日進而不已也。

真正有才能的人勤於修養，不露鋒芒，就如純金和未經琢磨的玉一般，雖然不炫人耳目，然而日久便知其內涵與價值了。做學問要持之以恆，毫不間斷，就像川流不息的水和飄過天際的雲朵，日日進行，永不停歇。

這話讓人深思，要曖曖內含光，要持之以恆，日求精進，永不懈怠。

我往日也曾習書法，初學時，書法老師客氣的沒說什麼。可是，如果我寫得好，他是不可能不嘉許的。

於是，我知道，我還需要更認真的寫。正好碰到暑假，我比較有空，於是日日勤寫，從天不亮就開始，毫不懈怠。果然進步神速，簡直到了「不可同日而語」的地步，老師一見到我所繳交的習作，果然開心的笑了。

我大學時，每天習字，寫完後就丟到字紙簍去。室友見了，趕忙去撿了起來，說：「我照妳的學，就可以了。」這般的謬賞，真讓我受寵若驚。

所以，學生時代我的字，在友輩間還被認為是寫得好的，也謝謝年幼時母親的督導，父母的字都好，我們依循著軌道走，手足的字也都還不錯。

可是，電腦的興起，年輕的一代，那些帥哥美女的字很多都不忍卒睹，真令我驚訝不已。長得這麼美，字卻寫得像鬼畫符。我不免心中有憾。

也或許，年輕的一代有太多好玩的事分散了注意力，也不覺得字寫得好有什麼用；更何況，眼前也沒什麼榜樣可以見賢思齊，於是，如江河的日下，難以力挽狂瀾了。

想起我曾在一個步調相對緩慢的年月，可以依著自己的興趣，或寫字或寫作，也真是天大的福分，為此，我深懷感激。

喝茶忘憂

喝一杯茶，彷彿一切都雲淡風輕了起來。

平日，我常喝茶。茶，一直是我的生活良伴。多麼幸運能生在台灣，好茶易得，豈止是生津解渴？還有那氛圍，帶領著我的心走向更為寧靜、美好的境界。

有時候，我看一本喜歡的書，也許是散文小品、詩詞或大河小說，悠閒的喝茶，悠閒的讀，心裡充滿了歡喜。我知道，有些人必須為稻糧謀，奔波終日，難有安靜的時刻，又如何能讀書喝茶呢？

一日，有畫畫的朋友來，談到從畫裡可以清楚的探知畫者的個性。這話有趣。我趕忙拿出自己的「塗鴉簿」，請對方指正。

她說：「倒也和我認識的妳相符合，從筆觸看來，妳乾淨利落。下筆若胸有成竹，而不是遲疑反覆。」

這話也確實，我痛恨拖泥帶水，凡事劍及履及，講究認真負責、立竿見影。

她又說：「有人遲疑反覆，也許是謹小慎微，也未必全是缺點。」

也是啦。

我還記得，剛教書時，有一年興起想學畫，找了學校裡的美術老師來教。好大的興頭啊，我們還跟學校借回了一尊石膏像，擺在租屋處，沒課時就來素描。交作業了，老師卻說：「你們都太小心了，不必這樣做到一絲不苟，即使畫得跟石膏像不同，也沒有關係。」

那時候，我才知道，即使不同，也可以是創意，未必一定要如法炮製。既然是畫畫，也必然有別於攝影，如果只是複製，就沒有什麼意思了。

那樣的一席教導，對我是有醍醐灌頂的效果。

也許經歷的事情多了，慢慢的，我明白，只要盡力而為，就應該拋開對成敗的過度在意。縱使遭逢一時失意，也因為無愧我心，而另有一種篤定和安心的釋然。

所以後來我再畫畫，也比較放得開。畫得不好，也沒有關係，自娛而已。天天畫，就不怕沒有進步。「天道酬勤」，這話，我是深信不疑的。

還是書上說得好：

知往日所行之非，則學日進矣；
見世人可取者多，則德日進矣。

明白自己過去有做錯的地方，那麼學問必然更有長進。見到他人可效法的地方很多，那麼自己的德行必然會更加精進。

省思有必要，願意謙卑的學，更是重要。

喝茶，說話，尤其和朋友談畫，開心就更多了。

朋友卻只喝白開水，我戲稱那是「君子茶」，取自「君子之交淡如水」之意，頗為有趣。

紅塵擾攘，我們如何忘憂呢？

就在一杯好茶的氛圍之中，彷彿繁華落盡，茶香帶領我們走向夢裡故鄉的田園。

就在好書的閱讀裡，就在和朋友的閒談中，茶味清香，快意平生，使得俗慮盡忘，我的內心又重回一片清明。

鄉間悠活像首詩

我的童年都在鄉下度過。

那時候的鄉下都很純樸，工業尚未侵入，一般人的生活清苦，山水因此不曾受到污染，於是放學之後，我們就結伴四處遊玩。父母為我們的衣食奔忙，不太有時間理會我們，加以社會風氣還好，誘拐兒童的情事還不曾登上報紙的社會版、鬧得沸沸揚揚，便也放心的任我們呼朋引伴玩兒去。

我們玩些什麼呢？

可能在自家的院子裡玩遊戲，玻璃彈珠啦、扮家家酒啦，要不，就去摘果樹上的果子來吃，青青澀澀，有的吐掉，有的吞下。有時候，也到「遠處」去，如海邊的同學家觀賞夕陽，到鎮上戲院撿戲尾看……還有四處籬落間紅紅的小野果子，拿來吃或玩。我們不知什麼叫做「神農氏嘗百草」，想來一定是有人說可以吃，於是就吃將起來。訊息該是正確的吧，也不曾鬧過肚子，或許也是上天保佑。

這樣的童年，在剛上國小六年級就結束了。

那時候上初中是要考試的。城鄉差距大，還是我們生平的第一場硬仗呢，鄉下學生的程度不高，勝算跟著不多，於是，快樂童年立即宣告中止，我們要開始補習了。早上六點半開始，放學後要留校，一切結束了，可以回家了吧？未必，有些同學還要到老師家補習，我沒有去，是因為身體實在太差，根本承受不起，因此逃過。

我總是蒼白著一張臉上課，還經常請假。功課不錯，老師也一向對我好，雖然沒到老師家補習，仍然受到疼愛。初中聯考上了第二志願，旋即從小港搬家到麻豆，和童年的朋友都失去聯絡。直到上了大學，與麗莉在台北相逢，才逐漸跟當年的老師和同學取得了聯繫。

老師還是疼我的，母校百年校慶時，老師推薦我為「傑出校友」，因而領了一個獎。這麼多年來，我的確是努力的，也讓老師引以為榮。

我曾讀過《圍爐夜話》，其中有一則頗有深意：

儉可養廉，覺茅舍竹籬，自饒清趣；

靜能生悟，即鳥啼花落，都是化機。
一生快活皆庸福，萬種艱辛出偉人。

勤儉可以培養出廉潔的操守，即使住在竹籬圍繞的茅屋裡，也別有一番清新的趣味。在寧靜裡，更容易領會出天地之間的道理，即使鳥兒啼唱，花開花落，也都是造化的生機。一生但求快樂無憂的過日子，是所有平凡人的福分，經歷萬種艱辛和磨難，才能成就一個偉人。

鳥鳴花落，是我家居生活的寫照。我也喜歡清靜不被打擾的生活，快樂無憂就好，卻從來不曾冀望是個偉人。

我太平凡了，也習於享有平凡的知足常樂。

大學畢業以後，我到山下的一所國中教書，也一樣是山明水秀，風景清幽的所在，校風純樸，學生們也都可愛。

那也是一個鄉下地方，夏日的蓮花韻致極美，讓人難忘。閒暇時，一樣和友伴們四處去玩，鹿寮水庫、白河水庫、碧雲寺、大仙寺、小南海、關子嶺……或許我前世就是鄉間的一株草、一棵樹、一朵花，唯有走在鄉下，我才能怡然自得，彷彿回到家一般的自在。

鄉下地方的步調悠緩，讓人氣定神閒，不若都市生活的緊迫和忙亂，像一首詩般的優美和雋永，我很喜歡。

有朝一日，當我塵緣已了，希望仍有機會回歸鄉間，每日迎晨曦，賞晚霞，安步當車，也讓我滿心歡喜，那是我更深的想望。

走在黃昏的校園

比起白日的喧囂熱鬧，黃昏的校園有一種靜謐的美。說它「靜謐」，也不全然這樣。

黃昏時候，已經放學，學生們爭相跑出學校，自由了！我彷彿聽見他們心中的吶喊，還有那掩抑不住的笑顏。他們飛奔離開，教室立即成空，讓人想像不出上課時候的朗朗書聲，還有笑聲和嬉鬧不絕。

飛回來的，卻是鳥兒。黃昏，也是牠們「返家」的時刻。嘰嘰喳喳，是在發表外頭的見聞和奇遇嗎？或者只是單純的交換心得與問好呢？幸好有這些飛來飛去的鳥兒，要不空曠的校園，椰子樹筆直的站著，也會覺得有幾分寂寥吧。

我在黃昏的校園裡走著，運動場上，還有人在打球。我遠遠的看著，青春奔躍的身影，多麼讓人羨慕啊。青春易逝，年少的孩子是否真的懂得珍惜呢？校園裡，依舊花紅草綠，只是學生們回去了，連花草都有幾分落寞的神情。反正明天一早，那些熟悉的身影又會回到學校來。

此刻，我靜靜的享受這難得的氛圍，沒有人調皮搗蛋，也沒有人抗議爭論，如果我的學生們像花草一樣乖就好了。可是，生命的成長本來就是不容易的。在拉拔的過程裡，有辛酸的歌，也有歡愉的淚，我們不也都是這樣長大的嗎？

記得《圍爐夜話》裡的一則文字：

川學海而至海，故謀道者不可有止心；
莠非苗而似苗，故窮理者不可無真見。

河川學習大海的兼容並蓄，最終匯流入海，所以我們在追求知識的過程中，也應永不止息。田裡的莠草長得很像禾苗，可是並非禾苗，所以我們在探尋真裡的過程裡，不能沒有真知灼見，以免受到蒙蔽。

這句話真該說給學生們聽，也說給自己聽。

一天中，就屬黃昏的時光最為輕鬆，因為那是一天工作的結束。不像清晨，雖一樣有著美景，卻毫無欣賞的意願。因為一天的工作正要開始，摩拳擦掌，打算要一展身手。「一日之計在於晨」，如此想來，悠閒的心緒一掃而空。我是喜歡黃昏的，看滿天的晚霞，一日即將告終，沒有虛度，我心中的歡喜因此滿溢。

有時候，我在黃昏的校園裡聽到有人在練唱，是有比賽嗎？有時候，還出現了混聲合唱，那必然是合唱團要外出參加校際比賽了。一再的練唱後，果然有更和諧的歌聲飛揚。「功不唐捐」這話，我從來都奉為圭臬，在日常生活中，也隨處可以得到印證。我佇立在校園的一角，仔細聆聽，竟然覺得那歌聲有如天籟。

我看花，看樹，也看天上飄然而過的雲朵，心中是歡喜的。

我在校園裡走著，從年少的求學時代到長大後的教書歲月，校園的單純生活如詩，也一直是我所喜愛的。

這是我的幸運，我總是這麼相信。

走在黃昏的校園，暮色逐漸圍攏而來，我懷著寧靜的心情離去，竟也覺得有如讀了好詩一般的怡然自得。

走過角落

走過角落。

我看見青綠的葉子襯著碩大鮮黃的花朵，「軟枝黃蟬」是它美麗的名字。

我不喜歡夏日，因為氣溫總是居高不下，實在太熱了，汗如雨下，真讓人難以消受。奇怪的是，天氣越熱，這花卻開得越是燦爛。因為它的顏色和即將羽化的蟬蛹相似，而且枝條柔軟，故而得名。想來也頗有意思，可惜全株有毒，還是小心的好。我因此想起了夾竹桃，因為莖部像竹，花朵像桃，所以為名；尤其插枝就可以活，四季都開花，看來花期頗長，夏日尤其盛放，一樣全株有毒。以前校園裡經常看到它的蹤影，然而對學童不利，如今就比較少見了。

想來，總是少有十全十美的，植物的世界如此，人世間也是這樣。

我第一次看到軟枝黃蟬時，是在台南的成大附近，記得那天也很熱，那黃花豔麗異常，彷彿是所有陽光的凝聚，漂亮極了。可是，我不知它的名。四處詢問，終於有人相告：「啊，那是軟枝黃蟬！」從此在我的心中，佳人有了名諱。

那麼黃燦燦的亮，彷彿是對上天的禮讚和謳歌。而我們又以什麼來回報上天呢？不必豐功偉業，那並非人人所能企及。

《圍爐夜話》中說：

人之足傳，在有德，不在有位；世所相信，在能行，不在能言。

一個人的值得讓人稱揚，在於他有高尚的德行，而不在於他有多大的官位。世人所相信的，在於他能力行實踐，而不是能言善辯。

世人推崇尊重的，不是名利權謀，而是能力的施展，才華的迸放。

如果是一朵花，就努力的綻放吧。既然是一個人，那麼就安分守己，盡一己之力，守護家園，將乾淨的大地和所有大自然的資源一一傳給子子孫孫，能這樣，也就俯仰無愧了。

軟枝黃蟬，奉獻給夏日美麗的顏彩，它善盡了一己的責任，也著實讓人敬佩。

我看過它燦亮的身影，即使只是在角落，你可曾注意過它呢？

有時候，我們是漫不經心的，匆忙的步履走過，卻什麼也沒有看到。平白的辜負了上天給予我們的好視力，這不是很可惜嗎？想想看，在這個世界上，有些人是沒有辦法看到的。他們生活在一片黑暗之中，無法揣測，更無從想像顏彩的繽紛美麗。

年少的時候，我曾讀過海倫凱勒的《假如給我三天光明》，她熱切的寫出，如果她擁有三天的視力，她渴望看到哪些？和善人們的眼睛、藝術的美和大自然的神奇，她不願意忽略每一個細微之處。可是我們呢？我們是多麼的輕忽自己周遭的一切！我們有眼睛，卻不曾珍惜如此珍貴的視力，真該汗顏的，不是嗎？

「一花一天堂」，你可曾從一朵花裡窺見了天堂的美好？

仔細的觀察和用心的體會，我們才不至於因為視若無睹，而和許多美麗的事物失之交臂了。錯失，也會是一種遺憾吧。

想起向日葵

向日葵在我的記憶裡，是很大器的花，我一直以為，它是陽剛的，屬於夏日的。

家在南部鄉下時，媽媽在後院種花，那時候，兒女們都已離家，在外地工作或讀書。爸媽守在鄉下的寬宅大院，恐怕也是寂寞的吧？於是媽媽開始種花，金魚草、大理菊、茉莉花、夜來香等等，向日葵也在其中。

向日葵的花朵很壯碩，枝梗也長，花色豔黃而且大朵，彷彿所有的陽光都聚集在花裡。

它曾經撫慰了家父母心中的寂寥，那碩大又充滿了盎然生機的花，的確具有鼓舞安慰的力量。

尤其，它的經濟效益高，花可賞，子可食，還可以提煉成葵花油，可供燒菜所用，和我們的生活有密切的聯繫。

老想到向日葵的種種實用價值，不知會不會太俗氣了？

西方倒有一個淒美的傳說，關於向日葵的：

希臘神話中水澤女神柯來蒂（Clytie）暗戀著太陽神阿波羅，卻得不到他的回眸眷顧。後來，眾神同情她的癡情，就將她變成了花，以便可以永遠追隨太陽。由於它終日隨著太陽移轉，所以被稱為「向日葵」。

柯來蒂或許滿意了，我卻心生不忍。不過，能流傳下來這麼一個動人的故事，淒清裡仍有美麗。

有一陣子，我周遭相熟的朋友彷彿瘟疫的傳染，居然紛紛生病了，有的罹癌，有的中風，有的心肌梗塞，有的被誤診。幸運的重拾健康，有的甚至撒手人寰，讓人傷痛和不捨。我的心緒低落至谷底，攀升無望。直到有一天，我上街，在路旁看到有人在賣向日葵，我買了幾枝，帶回家，剪短了枝梗，就插在一個大甕裡。金黃的花，映照得整個客廳分外明亮了起來。

面對著向日葵燦爛的笑顏，我跟自己說：「若我不能努力振作起來，豈不連花都不如嗎？」一消沉的心，終於慢慢提振了起來。

還記得《圍爐夜話》中的文字：

一室閒居，必常懷振卓心，才有生氣；
同人聚處，須多說切直話，方見古風。

人在平日閒居時，必須時常懷有振作奮發的心志，才能顯出蓬勃向上的氣象。和別人相處時，要多說懇切而正直的話，才是古人處世的風範。

積極，才能有所作為。如果閒居終日，言不及義，這和虛度生命又有什麼不同？有抱負，肯努力，才能冀望美夢成真。

然而，細想來，又有誰的一生能時時順遂呢？

想及梵谷多舛的一生，流離顛沛，處處坎坷。生前所作的畫幾乎無人問津，死後才聲名大噪。一幅《向日葵》的畫作以天價得標，可惜無補於梵谷生前的窮困潦倒。畫家的心血結晶，贏得了舉世的稱揚，畫家已然不朽，可嘆卻曾被認為是個瘋子。梵谷是寂寞的，那種不被了解的蒼涼，又有幾人能承受得了？

這何嘗公平呢？可是，命運的播弄，又能向誰去索取公道？

如果是一朵花，向日葵的豔麗和明朗都是我喜歡的。

就像一棵樹

年輕的時候，我曾經有不少年過的是山居歲月。

山居的歲月，教會了我淡泊寧靜，足以一生受用。或許應該說，山，啟發了我內在喜歡大自然的因子，接受薰陶，也就成了一個比較寬闊平和的人。

起初，是考上大學，而學校在高高的山上，我別無選擇，於是，從嘉南平原到了華岡。四年的時光不算短，那時候，學校才剛創建不久，樹不高，花不多。相較起來，樹是耐看的，也更禁得起風雨的考驗。山風呼呼，是往日從來不曾經驗過的，還真以為天天都是颱風天，尤其是在夜晚，風一再狂拍著門窗，要不驚怖也難。然而，習慣了就好，就成了自然。

我們也像小樹一般的成長，努力的學習。

那四年，也只有冬天最為難捱，其餘的，都像美麗的詩篇。中文系的課程，多的是經史子集、詩詞歌賦，我們連看散文、讀小說、觀電影、賞戲劇，也都可以算是廣義中文系的範疇。本來嘛，文學和藝術總有相通之處，觸類還可以旁通呢。

在我們的眼中，小樹長得很慢。或許，師長們看我們，也覺得進步得慢吧，然而，只要不放棄，懷抱著希望，日有進境，就是一種好吧。

一直謹記著《圍爐夜話》裡的一段文字：

人犯一苟字，便不能振；
人犯一俗字，便不可醫。

一個人只要安於現狀，得過且過，就無法振作起來。一個人如果流於庸俗，自甘沉淪，便無可救藥了。

所以為學與做人都應力求精進，夙夜匪懈。

我盼望自己也像一棵樹，日夜不停的生長。雖然，在外表上，幾乎看不出來。

畢業了，我們散居各處，在各自的崗位上認真工作。

畢業四十年後，我們相聚。

大家的表現都很不俗。有國立大學文學院院長、報社社長、國營機構高階主管、企業家，連作家都出現了三個，最多的是老師。班上同學只有六位轉其他行業，九成在教育界服務，其中還有七位是教授，較之師範體系訓練畢業的絲毫也不遜色呢……

我們召開同學會，返回母校。學校的建築物更多了，每棵樹都長得又高又大，灑下了無數的清涼。

如今，當年的老師和學弟學妹們都以我們為榮。

原來，經由漫長的歲月，幾番春去秋來，才看到了我們累積的努力，終究造就了怎樣豐碩的成果。每一個辛勞的晨昏，每一個堅毅的步履，都把我們帶向了成功的顛峰。

我們曾經是小小樹苗，如今早已蔚然成林。

那一刻，回顧所有往日的艱難險阻，我們能不百感交集嗎？走過風風雨雨，如今，透過淚光，我們綻放微笑。

我們仍然像是一棵樹，巍然矗立，經冬猶綠，希望能成為美麗的風景。

風鈴

你會喜歡風鈴嗎？那麼清越卻能傳到遠方的聲音，曾經多麼令我著迷。每當風兒走過，掛在我家簷前的風鈴就會敲擊出細脆的聲響，是歡迎風兒的光臨吧？平日的風鈴都在說些什麼？是一件有趣的事？是一句真心的祝福？

有一陣子，我讀《圍爐夜話》，有一段文字很有意思：

守身必謹嚴，凡足以戕吾身者宜戒之；
養心須淡泊，凡足以累吾心者勿為也。

端正品行必須謹慎嚴格，凡是足以損害自己操守的行為，都應該戒除。涵養心志必須寧靜寡欲，凡是會使我們心靈疲累不堪的事，千萬不要去做。

我心裡常想著這些人生的智慧語，說也奇怪，我居然聽到風鈴聲聲都是應和。

還記得，我的第一個風鈴，是由許多小銅管所串成的，從台師大附近的一家文具店裡買來。那時，我還在學校裡讀書，趁著學期結束，連著衣物一併帶回南部的家。畢竟是學生時代，為了省錢搭的是慢車，偏偏那天車上人很擠，我的提袋只得放在走道邊。沒位子坐啊，有個鄉下婦人就一屁股坐上了我的提袋。我心裡暗暗叫苦，不敢想像那個新買來的風鈴會變成一副怎樣的模樣？

「哎呀，妳坐壞了小姐的花粉啦！」一個她相熟的夥伴立刻叫了起來。

「失禮！失禮。」她站起來，一臉的惶恐。

「沒有關係。」我安慰她。

真的，路途還遠，而車廂內又這般擁擠，我如何忍心見她站得腳痠？

回到家，脆薄的風鈴果真被壓得凹了一塊，且有細細裂痕；然而，卻絲毫無損於她的悅耳動聽。微風吹拂的時候，風鈴就輕輕的響著；狂風大作的時候，風鈴也止不住激動的震鳴。如斯響應，讓坐在屋內讀書、寫字的我，無須抬起頭，也能探知風兒的腳步是輕緩，還是匆忙？此時的風是溫和的，或是憤怒的？

在日曬雨淋之下，風鈴漸漸變了顏色，點點的斑痕鏽蝕了它原有的光彩；但它仍盡職地守在簷前，有一下沒一下地敲著。只有風來和她捉迷藏時，她像個興奮的孩子，成串的聲響不斷的擴散開來，彷彿有掩抑不了的歡喜。只是，當風兒走遠，她靜靜的佇立，她也有屬於自己的寂寞吧？

這是我記憶裡的風鈴，縱使歲月遠去，也依然令我懷念……

我個人極為偏愛日本風鈴，赴日旅遊，沿途都在買風鈴，各式各樣的。有許多不同的造型，賞心悅目；我更愛的是它的聲音，沉穩、厚實、清越，彷彿可以傳往天堂。

來到台北教書也有好多年了。有一天，我居然搭上了風鈴公車，簡直太讓人驚訝了。傾聽：風鈴在低低絮語，比燕子的呢喃清晰，比風聲還多情纏綿；而我，坐享風鈴輕輕敲出的一片溫柔……

後來，我下車了，就站在樹蔭底下，看著那班公車一路遠去，彷彿仍能聽到它那悅耳的風鈴聲，叮叮噹噹的響個不停。我以為，那真像一場幻夢。

我很少搭18路的公車，那天是因為要到國稅局處理一點小事，時間也寬裕，居然這麼幸運的搭上了風鈴公車。

車子很新，車上掛了很多風鈴，有十多個。每當車子開動，它就叮叮噹噹的響了起來，很有趣。

我問司機先生：「是公司替你裝，還是自己呢？」

「自己。」他簡短的回答。

想來他一定喜歡風鈴，或許是風鈴清脆的樂音，讓他著迷，或許是風鈴的造型，讓他覺得像一個祝福；更確定的是，他很樂意和所有的乘客分享，也因此使這輛公車變得很有創意和特色。

可惜只有四站我就下車了，不能再多聽一會兒風鈴的清音。

再見了，風鈴公車！那叮噹叮噹悅耳的聲音，也響在我的心裡呢。

輯　七

簡直是幸福

人間行路
多少繁華落盡
仍願　心如廣袤大地
處處洋溢生機

堅持活出自我

在人生的漫漫長途裡，你是不是勇於面對困難的挑戰？是不是禁得起挫敗的打擊？還有，你吃得了苦嗎？尤其，對自己心中懷抱的夢想，你是否始終如一的邁向前去，即使窒礙處處，也不曾輕言放棄呢？

就像《圍爐夜話》中的這一段話：

粗糲能甘，必是有為之士；
紛華不染，方稱傑出之人。

不厭粗衣劣食，甘於吃苦耐勞的，必定是個有作為的人。對繁華盛麗毫不沾染，仍然堅定信念而行，才是優秀傑出的人。

在許多傑出的人物身上，堅毅果敢，愈挫愈勇，都是他們共同的人格特質。遇到困難時，沒有人會因沮喪，就棄甲曳兵而逃。

這是一個真實的故事。

有一個小男生，國小時的功課不好，家境也很清寒，來自基層的工人家庭，連衣食溫飽都很勉強。作文課時，老師出的作文題目是「我的志願」，於是，他認真的寫下：「將來，我要成為一個老師。」發作文本時，老師語帶譏諷的說：「就憑你的成績鴉鴉烏，將來還想當老師？根本就沒有可能。」那年，他讀小四。

上國中了，他的功課依然普通，從來就稱不上「優等生」，畢業以後，他去讀高工補校，白天工作，晚上讀書，生活過得緊張勞累，但是他毫無怨言，他說：「我只是個苦孩子，吃苦，就當作是吃補吧。」

大學可沒有那麼容易考了，他一面工作，一面補習，一考再考，當完兵以後又考，終於吊車尾，上了最後一間學校的最後一個科系。大學四年，還是要打工，生活讀書，一切費用靠的都是自己張羅。他到工地挑磚，雖辛勞，薪水也高。幸虧他的身體好，扛得起重負，也吃得了苦。

大學畢業了，他先到國小當代課老師，後來考上偏遠地區的正式教師，教了快十年，才調回家鄉，能作育故鄉子弟，一直是他今生最大的夢想。

老師早已退休，當年老師在課堂上的嘲諷，成了他今生的「逆增上緣」，如今，不可能的任務已經完成，美夢也已經成真，對於曾經教過自己的老師，他唯有心存感恩。

這一路行來，為了克服種種艱難所流下的汗水與淚水，在回顧的這一刻，都顯得雲淡風輕，算不得什麼了。

在我的心中，他的人生歷程充滿了險阻，然而，他並沒有被擊倒，卻努力奔赴自己的夢想。

他多麼像是風雨飄搖中的一棵小樹，仍然努力立定腳跟，也終於活出了自我。

築夢的起點

築夢的起點，就在努力。

《圍爐夜話》裡說得好：

發達雖命定，亦由肯做功夫；

福壽雖天生，還是多積陰德。

一個人的飛黃騰達，雖然是命中注定，卻也是他個人努力的結果。一個人的福氣和長壽，雖然是一生下來便有定數，還是要靠平日多做善事來積陰德。

「成事在天，謀事在人」。說的也是同樣的意思。

想想：世上哪有不勞而獲的呢？努力是必須。

總是那一步一腳印，務實的走去，需要長時間的累積，毫不懈怠，更需要愈挫愈勇，絕不輕言放棄。在任何情況之下，縱使風雪襲來，遭逢困頓，也要持續勇敢的前行。

你做得到這樣嗎？

想像都比實際來得容易。

我的朋友想要出書，開始投石問路。因著整個景氣的低迷，書市尤其顯得冷清，於是，必須一試再試。其實，還是很不樂觀。不是石沉大海，就是被回絕，那種感覺很糟，也讓人沮喪。可是，如果書是商品，必然如此。對方總要斟酌再三，認定有市場，才可能接納。

朋友很氣餒的說：「這簡直是大小眼。」

可是，這就是現實。

出版界也不乏書市寵兒。然而，他們都深耕多年，甚至在部落格上或臉書、微博裡，也一直是花費心思長期認真經營的。累積了許久的努力，才有今天的炙手可熱。我清楚的知道那並不完全來自幸運。如果沒有長久的用心作為後盾，如果不是早就預作準備，我不相信機會有降臨的可能。

我們看別人的傑出似乎都太輕易了，彷彿探囊取物，予取予求，其實不是這樣。有多少不眠的深夜，有多少辛勞的淚水，那是外人一無所知的。

二十多年前，曾經有個年輕人當面問我：「如果我現在開始寫作，十年以後，我能不能取代妳今天的位子？」我驚訝極了，但是仍然平靜的跟他說：「如果，你只把琹涵當作目標，也未免格局太小了。」倘若寫作不能成為一個值得追求的理想，而只在名利的算計，那並沒有太大的意義。

年輕人如果在還沒有耕耘以前，就一心只想著收成，不免太過急功近利了，這樣，文章會寫得好嗎？恐怕字裡行間，多的是可憎的市儈，欠缺的是清新的氣息了。

寫作，更需要的是，只問耕耘不問收穫的精神。那種一往無悔的執著，才真正令人動容。

唯有勤勤懇懇的寫，打算寫一輩子也不嫌久遠，或許，才有可能看到豐美的成績吧。

祝福每一位對寫作有興趣的朋友，點燃起熱情來，大家一起努力吧，不氣餒，不放棄，有一天，夢想就會成真了。

讓夢想起飛

有夢想的人生是很美的。

我在臉書上讀到這樣的一段文字：「世上有三樣東西是別人搶不走的：一是吃進胃裡的食物，二是藏在心中的夢想，三是讀進大腦的書。」細思再三，覺得很有意思。

他是個電腦工程師，我和他的父母是好朋友。

他來自很好的家庭，父母都是正派而嚴謹的人，都在教書。父親是大學教授，也是作家，可惜很早就因意外而辭世，那時候，他才念小學。就在母親的拉拔下，他終於大學畢業，也找到了很好的工作。

他曾經到紐西蘭打工遊學，從此愛上了做甜點。

母親卻說：「你怎麼不學做菜呢？做菜，還可以請客；而且，媽比較不擅長做菜，正好可以彌補不足。」

他平日的工作很忙，假日則繳費學做甜點，不太愛說話。

他月入將近六萬，有一天，他的母親在電話裡跟我抱怨：「兒子竟然毫無預警的辭職，先斬後奏，說是要進烘焙班。」

此後，他早出晚歸，拜師學做甜點。聽說還是吳寶春開的班。

老母簡直氣死了，好好的工作給辭了，居然去做甜點？天啊，工作這麼難找，多少人待業中，這可怎麼辦呢？

我覺得他的母親太焦慮了，追逐夢想，多麼需要勇氣！他單身，用的是自己的積蓄，還算年輕，這時候不追逐夢想，那麼，什麼時候才行呢？

我挺他。

有一段文字，出自《圍爐夜話》，好想讓他也看看：

志不可不高。志不高，則同流合污，無足有為矣；

心不可太大。心太大，則捨近圖遠，難期有成矣。

一個人的志向不可不高。如果志向不高，容易同流合污，就不可能有大作為。一個人的野心不可太大，如果野心太大，容易好高騖遠，終究成不了大事。

我想，如果他的父親還在人世，也許不會反對得如此激烈吧？他並沒有做壞事，只不過是想要實踐自己心中的夢想而已。如果不讓他試，他又怎麼肯心甘情願呢？何況，是在婚前，也讓所有的事情變得比較簡單。

我有個朋友老是懷抱著作家的夢，可是很難放手一搏，因為他有家庭、有小孩。為此，他抑鬱寡歡。

後來，他的妻子支持他追逐夢想，讓他留職停薪兩年，家計由妻子來扛。他在學生時代作文不錯，也得過校際比賽的獎。在那個讀理工才有前途的社會氛圍裡，他因此棄文學從理工，內心卻一直拂不去文學召喚的聲音。現在，有兩年的時間可以讓他大寫特寫，他才發現，自己不見得有什麼創作的才華。以前，是因為得不到，於是在心中誇大了對創作的夢想，以為自己才情蓋世，其實真正的情況並不如自己所想的那樣。

兩年以後，他重回工作崗位，人也務實了許多。對家庭，對自己，都算是「雙贏」。終於以喜劇落幕，也是圓滿。

你有夢想嗎？那是多麼的珍貴，趁著年輕去實踐吧，也祝福你美夢得以成真。

簡直是幸福

好朋友在電話裡跟我說：「妳不只是幸運，簡直是幸福。妳不只是追求夢想，根本就是生活在夢想裡。」

我承認，她說的都是事實。

我很早就明白，這樣的幸運，不是人人都能得有；至於幸福，多少人可望而不可即，多少人終生追逐，卻很難如願。

需要有很多條件的配合，我並沒有能耐奢望這些，相信是前世曾經結了許多的好緣，今生才能得道多助。

因此，我肯定行善的必要。「勿以善小而不為，勿以惡小而為之」，一直是我奉行不悖的。對於那些只圖一己私利的人，我其實是很不喜歡的。或許，也是因為彼此的差異太大了。

我喜歡《圍爐夜話》中的這一段文字：

不忮不求，可想見光明境界；

勿忘勿助，是形容涵養功夫。

不嫉恨，不求名利，可以看出一個人心地的光明。不忘記要負的責任，不揠苗助長的操之過急，是形容一個人品格的涵養功夫。

真的可以作為我們立身處世的準繩。

週末，朋友美容來我的住處聊天，我們好久不見了，一談，竟也談了三個小時，彼此都很開心。她站起來，就要走了。末了，她問我：「妳覺得，什麼是幸福呢？」

這個問題，我曾經想過，所以，很快的回說：「有一個值得奔赴的理想，有一個真心喜歡而又有意義的工作，有我喜愛卻也愛我的人。」

我問她：「妳以為，怎樣才是幸福？」

美容說牽掛說祝福說成全，在我聽來，都顯得抽象了，還不如我的簡潔明白。我應該也是從書上讀來的吧，因為很有意思，所以就努力記住了。

以這三個條件來衡量，我也的確是幸福的。

仔細想來，有理想可供追逐，那是源自我有一個跟別人不太一樣的母親。她在照顧我們生活之餘，總是想法子要讓我們明白，人是為理想而生，而理想必須崇高遠大，個人的名利富貴都太微不足道了。母親以兒女的興趣為重，也鼓勵我們走自己有興趣的路，長大以後，從事自己喜歡的工作，便也是順理成章的事。也因為從小在愛的環境裡長大，手足相親，一家和樂。容易相處，加以與人為善的個性，也讓我們處處受到歡迎，在工作、在人際上，甚至在人生的旅程中，我們顯得平順，少有波折。

我們的確比一般人都要幸福。

擁有幸福的人生，又何止是幸運呢？簡直是天大的恩寵。

幸福，就在此刻

你幸福嗎？何時你感到幸福呢？

有人問我：「妳覺得，在自己的一生中，什麼時候是最幸福的呢？」

坦白的說，我以為，人生的每一段時光都各有它的美好，也稱得上幸福。我個人比較滿意的，反而是眼前的此刻。

我曾在書上，讀到這樣的文字：

身不飢寒，天未曾負我；
學無長進，我何以對天。

生活中，不曾受到飢餓寒冷的痛苦，這是上天不曾虧待我。如果我不學無術，毫無長進，又如何回報上天的恩澤。

俯仰無愧，是我今生對自己的要求。

想起年少時，有父母疼愛，老師教導，手足同學也都相親相愛，生活簡單，日子平順，的確稱得上幸福。可惜那時候，身體很差，經常請假，最嚴重的是在童年，動不動就流鼻血，媽媽只好跑學校去幫我請假。媽媽說：「到後來，老師只要大老遠的看到我的身影，就搖手要我回去，因為他知道，妳又要請假了。」幸好，沒有影響到功課。學生時代，我的身體都不好，一搭公車，就又暈又吐，十分狼狽。反而是教書以後，生活規律，才逐漸有了好轉。直到學了游泳，黑白的人生才變為彩色的。

有了比較健康的身體，可以做許多的事，願意付出，看得到成果，也因此建立了自信，從此更可以追逐人生的夢想，快樂增添了許多。

梁實秋先生在接受訪問時，曾說：「當你確定了人生的目標，人生的意義就從那一刻開始。」

這句話對我深具啟發。

在學習裡，我快樂，我體會到自己因此變得豐富。

在服務裡，我快樂，因為能幫助別人讓我自覺有用。

在大自然中，我快樂，山水有清音，花草的消長，給了我許多歡喜。四時行焉，萬物生焉，我們也當自強不息。

在對別人的悲憫和體貼中，在分享裡，我領會了更深的快樂……是這麼多的快樂，累積了我的幸福。

我的幸福，就在此刻。我深信不疑，也很感恩。

人生的路

人生的路未必只有一條，有時候彷彿山窮水盡，再無前路可走，其實只要繼續堅持下去，我們將驚訝的發現：柳暗花明又一村。

有時候，心境的轉換，會讓我們在困境中看到了新的契機，從此另創新天地。

當眼前充滿著許多難解、無解的問題，我們難免沮喪，但是都不應放棄希望。希望是光，為我們照亮了黑暗，鼓起解題的勇氣。

有時候，給自己另外的選擇，也能走出更好的一條路來。

只要不放棄，不勉強妥協，讓我們鼓勵自己，勇敢面對，或暫且退讓一步，尋求新的選擇。

不自我設限，我們會有更好的，屬於自己的路。

記得《圍爐夜話》中，有這樣的話語：

事當難處之時，只讓退一步，便容易處矣；
功到將成之候，若放鬆一著，便不能成矣。

每當事情遇到了困難，只要能退一步想，就不難處理了。就在事情將要成功之際，只要稍有懈怠疏忽，就容易功敗垂成了。

所以，處事要靈活，在進退之間，更要有智慧的選擇。

你是不是也有過困頓的時刻？

在萬念俱灰、走投無路時，怎麼辦呢？有人走上自絕之路，以為死可以一了百了。真的嗎？如果死不成，因為缺氧，成了植物人，那不是更成為家人可怕的夢魘嗎？

報章雜誌常說自殺身死的例子，卻很少報導，倘若未死成，就有可能癱瘓臥床，成為植物人。後患的可怕，那更是不能承受的重。

我剛做事時，我的朋友開刀住院，她說，她在醫院的室友，年方十八，喝農藥自殺，被救回，但食道全都燒壞了，只好另接管子飲食，痛苦哀嚎不能止。我們不知道她為何厭世？然而，往後的漫漫長途，她又如何走完人生的路呢？如果她還有六、七十年的歲月，或者更久，不是太辛苦了嗎？

不能自殺。若厭棄生命，在所有的宗教中都不被允許，被視為懦弱的表現，為神所不准。

請傾聽自己的內心的聲音吧。天無絕人之路，仔細的想，天助自助者，總能找到自救之道。

先放鬆心情，務必挑戰看看。只有自己不放棄，那麼，上天也不會棄你於不顧。冷靜，勇敢，堅定，迎上前去，就會有另一條路，在我們面前展開。如果真的碰壁，再也走不通，那麼，就考慮轉個彎吧。

不管曾經遭遇過什麼，都要做生命的勇者。我總是對自己這樣說。

划向生命的深處

原來，走過的路，都是生命的紀錄。

小時候，我可想不到這些。每多讀一遍書，就希望考試能多拿幾分。如果我已經盡力的準備，卻仍然考得不夠理想，我就沮喪極了。不是說「一分耕耘，一分收穫」嗎？為什麼我耕耘了，收穫卻不如預期呢？

為了分數，我簡直是錙銖必較，當然不會快樂。

長大以後，知道「不如意事十常八九」，逐漸學會只要盡力而為就好，自認問心無愧，也就放下了。

我甚至是在畢業以後，才開始好好的讀《史記》、《資治通鑑》、《詩經》、《菜根譚》、《幽夢影》、各家詩詞……早已遠離了學校，不必考試，沒有成績的壓力，我為自己的興趣而讀，卻反而更能領會書中的雋永、智慧和美好。書讀多了，寫起文章來，左右逢源，也是快意事。

隨著歲月的消逝，逐漸了解「功不唐捐」的道理，人生中所有的學習，都不會是浪費，總有用得到的時刻。讀書如此，技藝也如此。

學生時候，我寫現代詩，寫寫停停，居然也有三、四十年了，看來，毫無成效可言。縱使別人稱我為「詩人」，我也心中有愧，不敢應允。平日也仍然讀詩，只是喜歡罷了。偶爾幫學生寫個畢業題詞或自己書的卷頭語，短短幾句，不費吹灰之力，還頗有幾分清新可喜。其實，這絕非一日之功，日積月累，畢竟有所不同。

人生路上，也多的是這樣的例子。「你不是得到，就是學到。」所以，要努力嘗試，鼓勵精進，以生命的長遠看來，即使是挫折困頓，也都是豐收。

有這樣的一句話，說得好：

> 夙夜所為，得無抱慚於衾影；
> 光陰已逝，尚期收效於桑榆。

每天早晚的所作所為，沒有一件事暗中想來有愧於心的。縱使韶光如飛的逝去，總是希望人到晚年，能看到自己一生的成就。時不我予，是每個人的感嘆。然而，只要珍惜韶光，不負年華，心中也就無所憾恨了。人即使到了垂暮之年，依舊能欣賞夕陽的無限美景。

有一個成功的企業家在接受訪問時說：「我失敗的機會太多了，可是每一次的失敗都帶給我一些教導，只要屢敗屢戰，從不放棄，最後就能攀摘到成功的果實。」

請不要為失敗而流淚，因為挫折是養分，永不懈怠的堅毅，幫助我們，走向成功的坦途。

請給每一個傷口一個吻吧，只要勇於堅持，它就會成為光榮的標記，是生命的勳章而不是恥辱。

也請以珍惜來看待我們曾經走過的每一個步履。

我們的努力，將為生命更添光彩，認真過日子，就在俯仰無愧裡，我們的人生豐富而美麗。

生命之歌

生命就是一首歌。

有時候波濤險惡，繁弦急切；有時候日麗風和，流水輕唱。音符的高低起伏，方才譜就了迷人的樂章。

如果這樣，為什麼我們在憂傷挫折時，就要哀哀哭泣？為什麼在順遂平安時，就會喜不自勝？人生如此無常，順逆更迭，總是尋常，可是，我們老參不透鏡花水月。

年少的時候，更是這樣。

我並不知道人生有多少憂患。我也不了解，我能快樂的成長，其實是在父母的庇蔭之下。那時候，我以為，風雨挫敗，都在遙遠的他方。

於是，當我離家在外讀書，我對困難心生畏懼。也由於人緣好，任何事情都有身旁的朋友代勞，我依舊什麼都不會，一遇險阻就想躲開。

有一年暑假，伯公到我們南部的家中作客，八十多歲的老人家了，還在中部山區經營農場。在聊天裡，跟我們談的都是未來的前瞻，勇氣十足，生氣勃勃。多麼了不起！在日漸老邁的身軀裡，卻住著年輕的靈魂！

後來，有個企業界朋友跟我說：「人活著，本來就是為了解決困難。困難，永遠都是存在的。」

當我願意面對困難時，也才發現它並不可怕。或許，是在想像中，我把困難給過度誇大了，居然以為那有如毒蛇猛獸。在解決困難的過程裡，我反而因此得到了經驗，培養了自信，我的人生因而變得更為寬闊、繽紛而且美麗。

此後，對於別人的力有不逮，我心生悲憫，不是每個人都有學習的機會和願意接受挑戰的勇氣。然而，我的人生也因此不同，卻是無庸置疑的。

感謝那些鼓勵我、教導我的人，沒有他們，成就不了今日的我。

《圍爐夜話》中，有一句很短的話，卻含意深遠：

不與人爭得失，
惟求己有知能。

不想與人爭名利地位上的得失，只願求得自己在做事時能增長了智慧和才能。肯做事，樂於學習，我們終究可以得到經驗和教訓，也才能無愧於父母和天地。

當我看到我的一個朋友，做起事來拖拖拉拉，甚至可以擱置數十年也不加以完成，問起緣由，更是千奇百怪，完全讓人不能信服。我明白問題出在他不肯面對所有的難題，而且不肯學習，我也因此知道，我們不是同類的人。我的即知即行，劍及履及，恐怕在他看來，都太匪夷所思了。

人生不會只有單一的音符、一種顏彩、一條平直的路，過程裡的分歧、繞路，歡喜和眼淚，都讓我們的人生豐富起來。

世路崎嶇，有時山窮水盡，有時柳暗花明。然而生命的歌，在激昂奔放的音符裡，有澎湃壯麗的美；在輕柔沉緩的音符中，有繽紛迷人的夢。

我愛生命之歌的溫柔如詩的小語，也愛它的慷慨壯烈如史詩的磅礴。

紅塵留白

紅塵為什麼要留白？是為了學會生命的從容。

年輕的時候，我們爭先恐後，常是為了追名逐利。我們不能落於人後，青春不待，韶光哪能虛度？

當年的王維進〈鬱輪袍〉，不也為了求取功名而鋪路嗎？積極進取之心這般的熱切，或也不宜苛責過甚。在人生的每個階段，我們會因著想法的不同而有相異的選擇。到了人生的暮年，感悟也就更深了。年少時所汲汲營營的，說不定到了黃昏時刻，只覺得有如一場夢幻泡影。

不留憾恨，是我們對自己的期許。

那麼，年輕時就努力追逐自己的夢吧。成，固然好。美夢成真，多麼令人欣羨。就算不成，也必然學到了一些經驗，難能可貴，也豐富了一己的人生。只是，所有的追逐，都必須是光明磊落的，而不能出賣自己、典當靈魂。那麼，不論成功或失敗也才有實質的意義，而不是留下了一個可恥的標誌，連自己回顧都感到羞赧。

有一天，當我們能更豁達的看待人生，將能活得更為從容和快樂。

心胸的豁達，讓我們不鑽牛角尖，能想開，就沒事了。雲淡風輕，的確就是這樣。能懷抱優閒的心情，當然就能觀賞到人生更美的風景。

看開，也讓紅塵留白。

可是，真要想得開，有多麼的不容易。這，也考驗著我們的智慧。

《圍爐夜話》中，有這樣的一句話：

> 事但觀其已然，便可知其未然；
> 人必盡其當然，乃可聽其自然。

世間的事，看它已經如何，就可以推測它未來的發展。一個人至少要盡力做好本分，其餘的就順其自然。

順其自然，就是一種豁達。

我們知道：「事情是眾緣和合而成，既然是眾多因緣，就不可能事事都如自己所願。把握發心及整體善業，不必在細節上過多執著，凡事以盡心為有功。」

然而，世上稱心如意的，幾家能夠？可是知道了，就真能做到嗎？還是不簡單的。總要經過許多的離合悲歡，直到心乏了，倦了，再也不起漣漪。於是，不再計較，怎麼說怎麼好，終於，就放下了。

時間是我們的敵人，當日子如飛的逝去，我們消磨了壯志，也豎起了白旗。時間也是我們的導師，對我們多有教誨，教會了我們許多功課，讓我們成為更體貼溫暖而有情味的人。

人生的這一遭也只是一場旅行，終究會走到終點的，誰能倖免呢？

歲月留痕

每個人都以自己的方式來記錄曾經走過的歲月。

有人以攝影來顯現，有人以繪畫來留存，有人寫歌，都是很好的媒介。至於我，我寫作。

有一次我去探望長輩，他有八十好幾了，他跟我說：「能把自己的想法寫下來，和別人一起分享，是一件多麼有意義的事。要珍惜這樣的才華，因為不是人人都有。」

長輩歷盡河山變色，艱苦逃難，九死一生。此身如寄，能活下來，憑藉的是祖先福蔭、幾分運氣和自己的認真打拚。亂離之人，還能有為有守，努力上進，是讓人佩服的。

《圍爐夜話》裡有這樣的文字：

敬他人，即是敬自己；

靠自己，勝於靠他人。

尊重別人，也常常會得到別人的尊重。做事靠自己，總勝過倚賴別人。我有個朋友雖然不曾經歷烽火的洗禮，然而坎坷的成長路，也讓他比一般人更為懂事和惜福。

他有一個不堪的童年。

從小父母不和，家裡總是吵吵鬧鬧，無有寧日。太吵了！寧可他們不在家，也少了這許多紛爭擾攘。

不顧家的父親，終究往外發展，母親也經常離家出走，不知何處去了？他們各自在外頭快活，完全不把家裡的小兒女們放在心上。

好心的鄰居，帶他們回家，讓他們吃飯、洗澡，還幫他們洗衣服。

在這種情形之下，他很早就知道自立自強的重要。

國中畢業以後，他直接投考中正預校，因為只有這樣，他才不至於流離失所。學校管吃管住，還發給零用金，老師也關心他。對他來說，學校更像是他的家，甚至還比較溫暖。

然後，他再讀政戰學校，畢業以後，在軍事單位工作，直到退伍，他轉任教職，自知學識不足，另外讀了夜大，他力爭上游，人生因此改觀。

老邁的父母，在晚年時反而相安無事，也許人老了，錢沒了，外頭也沒有什麼好混的，只好回歸家庭，種菜種花，相互照顧。

他提供了父母生活的資助，不多，但省喫儉用也夠了。知道實情的人跟他說：「面對那樣不盡責的父母，根本就可以不必理會。」他卻覺得，好歹總是自己生命的源頭，他還是願意善待。

感恩那個處處匱乏的昔日歲月，讓他長大以後，特別知道珍惜。應該也是這樣吧，他才有今天的幸福和寬裕……

我的筆，不只記錄了屬於自己人生的履痕，也寫下了這一路行來我曾經觀察過的生命風景和感動。

一畝豐收的田

我的心，是一畝豐收的田。

最近，我常有機會見到早年教過的學生。心裡雖然有些感慨，更多的是歡喜。好想送他們《圍爐夜話》裡的一段話語：

齊家先修身，言行不可不慎；
讀書在明理，識見不可不高。

治理家庭之前，先要約束管理好自己，言行舉止要處處謹慎。讀書的目的在明白事理，所以識見一定要高遠。

讀書的最後，在於為社會所用。儒家的「修齊治平」之道，循序漸進，也的確有其意義。

畢業的學生裡，先是雙胞胎跑來看我。

家渝嫁女兒，新嫁娘美若仙子。麗雪的夫家則娶了姪媳婦，還是她作的媒呢。真是一對璧人啊，麗雪成了時尚媒婆，穿了一件頂漂亮合身的禮服。

我看的是她們手機裡的照片。

一轉眼，雙胞胎的下一代都這麼大了。歲月的流逝，讓人在驚心之餘，也帶著幾許喜悅。我其實是不怕老的，那是多麼自然的事。既有生，哪有不老？除非夭折，那豈不是更大的不幸？當我能看到更年輕的一代，長大了，成家立業了，內心的快慰無可言喻。生命是流轉，更是傳承，當新的生命誕生、蓬勃的成長，帶來的是希望和朝氣，那麼，年老的一代凋零，讓人懷念，卻也不宜傷悲。「成住壞空」的進程，不都是我們所熟知的嗎？

雙胞胎在國中時候就很會做事，清掃尤其得心應手，掃帚在她們的手裡揮舞起來，簡直有如魔棒，真是又快又好，看來不費吹灰之力。探問之下，才知日日早起，灑掃庭除後，才能上學。果然勤做家事，顯得比一般同學能幹多了。

她們即使是在做事以後，也常和我有所往來，真高興她們一直保有純樸的天性，待人接物都溫和有禮，後來各自走入了家庭，養兒育女縱然辛勞，如今也都有圓滿的結局了。

還有那個復健科醫生，從高雄來台北開會。

那天下午，他帶著女兒明琪前來小坐，六點時他另外有約，黃昏倏忽而至，便也不得不起身離去，其實，我們也談了兩個多小時了。

告別時，我開玩笑的說：「大醫生，再見了！」他靦腆的更正：「只是小醫生。」

我們到底有多久沒見面了？三十年？或者更久？

那年，當他的女兒無意間發現，我們不只認識，我還曾經是他課堂上的老師，交情當然更深一層，立刻央求，能不能帶她前來一見？他們住在高雄，距離台北，也頗有一段距離。見面這件事也就拖了很久，明琪過了這個暑假，就要上大學了呢。

明琪是個漂亮的女孩，有著細緻的五官，或許她的母親是美麗的吧？她平日喜歡國文和生物，想來也是因為如此，才會對我的作家身分感到好奇。

的確，他讀國中時，是班上頂尖的學生，功課絕佳，試題無論怎麼難，都考不倒他，博學強記，是很出色的。所以，後來讀建中，讀陽明醫學系，當醫生，也就理所當然了。

很棒的小孩，長大了，也是傑出的醫生。

這醫生有趣，寫詩寫歌詞，還懷抱著田園的夢。或許，多年來，懸壺濟世太累，於是，高掛著一個夢想，用以提醒自己，人生還有另外的可能？

明琪的未來燦爛似錦，就要成為大學的新鮮人了，就要擁抱自己的理想了，真該向她道賀。

這醫生呢？別太累了，賠上健康，絕對不值得，衡量之間，需要智慧。他是聰明的，我相信，自有分寸。

祝福他和他的女兒，都能各自擁有快意人生。

此刻，我走在人生的暮色裡，回想當年的真誠相待，如今喜見豐美的收成。我的心，充滿了歡愉和感謝。

心如大地

願我的心如大地一般的寬廣和豐饒。

讀《圍爐夜話》，讀到這樣的話語：

讀書不下苦功，妄想顯榮，豈有此理？
為人全無好處，欲邀福慶，從何得來？

讀書不肯下苦功，竟然妄想顯達榮耀，哪裡有這樣的道理？做人對別人一無好處，卻妄想邀得幸福喜慶，沒有付出，要從哪裡得來？

人生在世，唯有努力，唯有肯付出，而不應只有索求，我們的社會才能更好，所有的人才能安居樂業。不能一味的索取和掠奪，否則，只有向下沉淪一途。

小時候，不曾歷經世事，說悲道喜，全憑己意。小小的事情看得比天還大，吵鬧不休，啼哭不已。媽媽有時候要我們自己解決，有時候放任我們哭泣。哭久了，沒人理會，自然平息，因為沒有觀眾，戲自然唱不下去了，只得草草結束。

怎麼會這樣？也只能說，少不更事。

長大後，讀書了，做事了，經歷過許多的悲歡。在選擇和被選擇之間，在愛和被愛之間，在辜負和被辜負之間，有許多的追逐、幻滅和眼淚；但我們也因此逐漸變得勇敢和堅強。經由歲月的淘洗，讀書和閱歷，讓我們的心寬闊能容。當我們的心日漸寬大，若能百納大川，何愁成就不了大事？何懼名聲不能遠揚？其實，到那時，個人的名利也未必會那麼在意了。

有一段聖方濟的祈禱詞被我抄錄下來，成為座右銘：「讓我可以去撫慰而不尋求被撫慰；去了解而不尋求被了解；去愛而不尋求被愛；因為唯有忘記自我才能發現自我。」

多麼富有深意的話語，只是也不容易做到。但，雖不能至，心嚮往之。我總是這麼勉勵自己。

生活裡，也常遇到一些小故事。

朋友有一次和女兒一起去吃「阿春涼麵」。

「啊，生意好到不行。排隊還繞了三圈，隔壁的統一超商，簡直都被長龍給堵住了。」

我問她：「好吃嗎？」

「很不錯呢，大碗又便宜。如果在店裡吃，湯是無限量供給。我和女兒在吃的時候，聽到隔壁有一個人說，我今天感冒，我最後喝。」

我很驚奇，「什麼？他喝同伴的免費湯。」

「是啊，老闆不計較，有量才有福，難怪生意會好成這樣！」

的確，和氣生財，人潮是可以帶來錢潮的。如果老是斤斤計較，財又怎麼進得了門呢？

所以，小生意因此成了「金雞母」，招財進寶，熱鬧滾滾。

想想看，如果老闆處處捨不得，就怕被顧客占了便宜去，只怕如水之就下，惡性循環的結果，或許門可羅雀，哪裡會有今天的盛大局面，金錢宛如潮水，想擋都擋不住？

人生，難道不是這樣？

只有在不斷的付出裡，明白服務的真意，個人的才幹得到激發，能力獲得栽培，而一步一腳印所帶來的珍貴經驗和人際的圓融，更是事業的助力，飛黃騰達，將指日可待。

高瞻遠矚，心胸的豁達，視野自然不同。許多的拂逆，都只是人生的常態，哪裡值得縈懷於心？不記掛，不操心，自然格局不同，眼前看到的，心中所想的，必然寬闊了，當然收穫也就有如同大地的豐美與富足。

九歌文庫 1211

品茗‧夜話

敲動心底的六十根弦，靈魂深處迴響著的繞梁餘音

作者	琹涵
責任編輯	張晶惠
創辦人	蔡文甫
發行人	蔡澤玉
出版發行	九歌出版社有限公司 臺北市105八德路3段12巷57弄40號 電話／02-25776564‧傳真／02-25789205 郵政劃撥／0112295-1
九歌文學網	www.chiuko.com.tw
印刷	晨捷印製股份有限公司
法律顧問	龍躍天律師‧蕭雄淋律師‧董安丹律師
初版	2016（民國105）年2月
定價	280元

書號	F1211
ISBN	978-986-450-046-8

（缺頁、破損或裝訂錯誤，請寄回本公司更換）

國家圖書館出版品預行編目資料

品茗・夜話：敲動心底的六十根弦，靈魂
　深處迴響著的繞梁餘音 / 棨涵著.
　-- 初版. -- 臺北市：九歌，民105.02

　　面；　公分. -- (九歌文庫；1211)

ISBN 978-986-450-046-8(平裝)

855　　　　　　　　104028929